Lars Ruth

Geständnisse eines Mentalisten

Lektorat: Erik Kinting / www.buchlektorat.net
Satz: Erik Kinting
Umschlaggestaltung: imagicians.de
Titelfoto: Ingeborg Wiessler
Foto Rückseite: Sebastian Konopix
Illustration 'PSI-Wheel': Thomas Heine

Verlag: tredition GmbH, Hamburg
Printed in Germany

Bibliografische Information der Deutschen Nationalbibliothek:
Die Deutsche Nationalbibliothek verzeichnet diese Publikation in der Deutschen Nationalbibliografie; detaillierte bibliografische Daten sind im Internet über http://dnb.d-nb.de abrufbar.

Der Autor

Lars Ruth wurde 1969 in Hanau bei Frankfurt am Main geboren. Im Alter von 14 Jahren geriet er durch Zufall an ein Tarot-Kartenspiel. Ab diesem Zeitpunkt begab er sich in die geheimnisvolle Welt der Magie. Fast sein gesamtes Taschengeld investierte er von nun an in Literatur zum Thema Magie und Gedankenlesekunst.

Als Erwachsener hatte er seine ersten gebuchten Auftritte als Mentalist auf Familienfeiern und Firmenfesten. Es folgten diverse Gastauftritte in Radio und TV (zum Beispiel Galileo auf Pro 7). Mit seinen abendfüllenden Mentalmagieshows ist er regelmäßig zu Gast in Theatern und auf Kleinkunstbühnen. Geheimnis- und humorvoll entführt er sein Publikum in die Welt des Paranormalen und Übersinnlichen. Mit rätselhaften Gedankenexperimenten klinkt er sich in die Köpfe seiner Zuschauer ein und lässt diese staunend zurück. Mit seinem Erstlingswerk *Geständnisse eines Mentalisten* wagt er einen humorvollen Blick hinter die Kulissen der Wahrsager, Gedankenleser, Zauberkünstler und Esoteriker.

Vorwort

»Seid ihr eischentlisch noch ganz saubähr?« –
Diese Frage des verstorbenen Großvaters von
Lars Ruth, gestellt in breitestem Hessisch,
platzte jüngst in eine spiritistische Sitzung, die
ich im Rahmen eines meiner eigenen Magie-
Dinner abgehalten habe. Ich konnte den Tonfall
und Dialekt der Äußerung unschwer der Her-
kunft meines hochgeschätzten Kollegen und
langjährigen Freundes Lars Ruth zuordnen (obwohl er selbst lupenreinen Hochdeutschs mäch-
tig ist). Allerdings war mir zunächst nicht klar,
was der jenseitige Gast meinte ... bis ich dieses
Buch in Händen hielt.
Einsichten und Erkenntnisse eines Vollzeitpro-
fis einzigartigen Zuschnitts erwarten Sie auf
den folgenden Seiten, liebe Leserin, lieber Leser. Geheimnisse moderner Gedankenlesekunst
werden Ihnen auf eine Weise enthüllt, die Lars
sicherlich Groll und Unverständnis aus der zaubernden Zunft bescheren wird (aber das ist ja
nicht mein Problem). Individuelle Sichtweisen
auf heilpraktische und esoterisch-beraterische
Umtriebe eröffnen sich hier unverstellt (das
könnte teilweise mein Problem werden) und
Lars präsentiert Insiderkenntnisse aus dem En-

tertainment-Geschäft, die ihn als mit allen Wassern gewaschenen Bühnenmenschen auszeichnen, der noch längst nicht all seine Potenziale ausgeschöpft hat (und das ist geradezu Furcht einflößend). Lars schreibt dabei gerade so, als ob er nach einer seiner wundervollen Shows mit Ihnen bei einem Glas Wein am Tisch sitzen würde und Sie an seinem Tun auf unaufdringlich-intime Weise teilhaben lassen wollte. Sie, liebe Leserin, lieber Leser, bräuchten ihm Ihrerseits nichts über sich zu erzählen – er würde es ohnehin längst wissen … Indem Sie also durch die folgenden Seiten blättern, folgen Sie den witzigen, lehrreichen, überraschenden, immer jedoch wertschätzenden Gedanken eines Ausnahmekünstlers. Ein solcher Kontakt ist selten.

Ich denke, der Großvater von Lars hat sich genau deswegen leicht entsetzt: Wertvolles sollte selten bleiben, schwer zugänglich, und doch veröffentlicht Lars dieses Buch … Es ist nun an Ihnen, liebe Leserin, lieber Leser, die folgenden Seiten wertzuschätzen.

Was für ein Mensch Lars ist, das vermittelt Ihnen die vorliegende Lektüre meines Erachtens recht gut. Lesen Sie ruhig ein wenig *zwischen den Zeilen*. Häufig ist es nicht allein das, was man macht, das einen Menschen ausweist, sondern auch gerade das, was man eben nicht macht. Lars hat zum Beispiel nicht bei der Show *The Next Uri Geller* mitgemacht. Sie können sich vielleicht nicht genau vorstellen, wie groß die Versuchung ist, sich als Profi von einer solchen Produktion ködern zu lassen. Ich selbst kenne diese Art von Versuchung nur allzu gut. Lars hatte aus den gleichen Gründen abgesagt wie damals auch ich – und wir kannten uns zu dem Zeitpunkt noch gar nicht.

Eine weitere Versuchung stellt unter Umständen das Abgleiten in schwer verortbare *Halbwelten* zwischen Show und unangemessenem pseudo-therapeutischen Wirken dar. Auch hier kennt und benennt Lars klar und trennscharf die notwendigerweise zu wahrende Grenze. – Was umso bemerkenswerter ist, wenn man seine besonderen Fähig- und Fertigkeiten im *Menschenlesen* kennt.

Seine Faszination fürs Paranormale geht tief, seine eigenen Nachforschungen in diesem Feld tragen eine kindlich-ernste Signatur. Und ich persönlich meine, dass diese Attitüde in der Tat die angemessene und passende ist. Wenn Sie, liebe Leserin, lieber Leser, Lars einmal live bei einer seiner Shows erleben, werden Sie diese ganz besondere Sensibilität erkennen, mit der er einem Scherz genauso leicht zum Schweben verhilft, wie auch anderen Emotionen, die wir gemeinhin nicht mit Leichtigkeit in Verbindung bringen. Meines Erachtens ist genau das die Magie des Lars Ruth: die Wahrnehmung eines Kusses zwischen den beiden Liebenden *Ernst* und *Unschuld*. Und was zeichnet das menschliche Sein denn aus, wenn nicht genau dieses Sehnen? Und was ist Kunst denn anderes, wenn nicht eine Begegnung des Menschen mit sich selbst, seinen Ängsten, Wünschen, Sehnsüchten, mit der Möglichkeit sich nach der künstlerischen Stimulation selbst und dann – nunmehr höher sensibilisiert – auch andere ehrlicher, unverstellter wahrnehmen zu können?

Lars Ruth bietet sich Ihnen dar – in seinen Shows, in diesem Buch. Er tut es für Sie, liebe Leserin, lieber Leser.
Er lässt sich von Ihnen lesen. – So rum geht´s also auch.
Genießen Sie diese Erfahrung.

Gronau in Westfalen, 07.01.2015
Dr. Knut Knackstedt

Knut Knackstedt ist Mitternachtsmagier, Produzent des weltweit ersten magischen BluRay-Tutorials *10,* Autor der magischen Fachbücher *Baphomet* und *Styx,* gescoutet für beide *The Next Uri Geller Shows* – und auf Abstand gegangen ...

Eyes Wide Shut

Die Wirklichkeit einer verwirrenden Nacht, sogar die Wirklichkeit unseres gesamten Lebens, kann niemals die volle Wahrheit sein.

Mein Interesse für das Paranormale, insbesondere das Gedankenlesen, hat angefangen als ich im Alter von etwa zehn Jahren einige merkwürdige Erlebnisse hatte, die ich heute als *Telepathie* bezeichnen würde. Ich hatte oft den Eindruck, dass ich eine Art gedankliche Verbindung zu meinem zehn Jahre älteren Bruder haben könnte. Einige dieser Erlebnisse klingen vielleicht unspektakulär, zwei wiederum sind mir bis heute unerklärlich, auch wenn mir ein befreundeter Psychologe, mit dem ich über diese Erlebnisse gesprochen habe, eine andere, vielleicht plausible, aber für mich jedoch unbefriedigende Erklärung lieferte.

Sie alle kennen wahrscheinlich das Gefühl, dass Ihr Telefon klingelt und Sie schon wissen, wer der Anrufer ist, ohne vorher im Display des Telefons auf die Rufnummernübermittlung geachtet zu haben. Einige von Ihnen haben vielleicht auch schon den umgekehrten Fall erlebt, dass Sie an einen bestimmten Menschen dachten, eventuell auch jemanden, von dem Sie seit längerer Zeit nichts gehört hatten, und plötzlich klingelte das Telefon und genau dieser Mensch, von dem Sie dachten, dass er sich doch auch mal wieder bei Ihnen melden könnte, war plötzlich in der Leitung.

Ich kenne diese und ähnliche Erlebnisse auch, aber die beiden wirklich außergewöhnlichen Begebenheiten mit meinem Bruder fallen definitiv in eine andere, erstaunlichere Kategorie.

Das erste paranormale Erlebnis, welches ich hatte, ereignete sich an einem heißen Sommertag im Garten meiner Eltern. Ich lag auf einem Liegestuhl und schaute verträumt in die Wolken. Irgendwann flog ein Segelflugzeug besonders tief direkt über unser Haus. Ich weiß nicht warum, aber ich wusste in diesem Moment instinktiv, dass mein Bruder in diesem Flugzeug saß.

Segelflugzeuge waren in dem Ort, in dem ich aufgewachsen bin, nichts Ungewöhnliches. Es gab wenige Kilometer entfernt einen Segelflugplatz, aber weder mein Bruder noch sonst irgendjemand aus unserer Familie hatte mit Segelflugsport irgendetwas zu schaffen.

Dennoch bekam ich plötzlich dieses starke Gefühl, dass mein älterer Bruder in diesem Flugzeug sein musste. Diese Wahrnehmung war sehr intensiv, so als ob man unvorbereitet einen lauten Knall hört. Ich war nicht wirklich erschrocken, dennoch war dieser Sinneseindruck sehr stark.

Ich brauche vermutlich nicht zu erwähnen, was weiter geschah, aber etwa eine Stunde später kam mein Bruder nach Hause und berichtete ganz stolz, dass er auf dem Segelflugplatz war und beim Vater eines Freundes mitfliegen durfte; er sei kurz vor der Landung direkt über unser Haus geflogen.

Etwa ein Jahr später hatte ich ein noch verblüffenderes Erlebnis. Ich hatte eines Nachts, es muss entweder von Freitag auf Samstag oder Samstag auf Sonntag gewesen sein, einen ziemlich üblen Albtraum.

Ich träumte, dass ich auf der Treppe des Hauses meiner Großmutter stand – aus irgendeinem Grund wohnte meine Familie im Traum im Haus meiner Oma. Es war ein sonniger, extrem heißer Tag und ich beobachtete im Traum meine Mutter, die weiße Wäsche auf eine Leine hing. Ich träumte, dass sich eine riesige, etwa zwei Meter hohe Monsterspinne von hinten an meine Mutter heranschlich, die aber dieses

Monstrum nicht sah. Die Spinne sah sehr merkwürdig aus und hatte am Hinterleib zwei riesige Zahnräder, die sich drehten, als wäre die Spinne vorher aufgezogen worden wie ein Kinderspielzeug.

Im Traum versuchte ich zu schreien, um meine Mutter zu warnen, aber ich bekam nicht einen Ton heraus. Ich versuchte es immer weiter und zum Glück wachte ich dann mit einem riesigen Schrecken auf.

Langsam begann ich zu realisieren, dass ich nur einen blöden, fürchterlichen Albtraum gehabt hatte. Nachdem ich dann, um mich zu beruhigen, eine Weile in einem *Lustigen Taschenbuch* von Walt Disney gelesen hatte, schlief ich wieder ein.

Der wahre Schreck jedoch ereignete sich erst morgens am Küchentisch beim Frühstück. Mein Bruder erzählte mir und unseren Eltern, dass er in der Nacht einen furchtbaren Albtraum gehabt habe. Er hatte fast den identischen Traum wie ich in der gleichen Nacht. Alles war genauso wie ich es geträumt hatte. Das Haus meiner Großmutter, er stand im Traum auf der gleichen Treppe, meine Mutter, die Wäsche aufhing, und die große Spinne. Auch er hatte versucht zu schreien, auch er hatte keinen Ton herausgebracht und wachte durch den Schreck auf. Ich sagte: »Das gibt es nicht, ich habe genau das Gleiche geträumt!«

Doch er schenkte mir keinen Glauben. Ich fragte ihn, ob die Spinne denn wie in meinem Traum zwei rotierende große Zahnräder am Hinterleib gehabt hätte. Mein Bruder hat diese Frage nur lapidar abgetan und nichts erwidert, weil er wohl dachte, ich wolle ihn nur veräppeln. Anscheinend stimmte dieses Detail nicht mit dem Traum meines Bruders überein.

Dennoch war diese Begebenheit ein Schlüsselerlebnis für mich. Ich versuchte in Form von Literatur an Erklärungen zum Thema *Gedankenübertragung* zu kommen. Das Beste, was mir hierbei in die Hände fiel, war ein *Was-ist-Was-Buch* mit dem Titel *Der Mensch*, das mir aber auch keine besondere Hilfe war. Zwar gab es darin ein umfangreiches Kapitel über das menschliche Gehirn, aber selbstverständlich wurde nur oberflächlich und eher über die Anatomie berichtet. Es gab in den frühen 80er-Jahren natürlich auch kein Internet, in dem ich hätte recherchieren können. Es gab außerdem in der tiefen, hessischen Provinz, in der ich lebte, weder eine Buchhandlung noch Leihbibliotheken. Aufgrund meines jungen Alters gab es auch keine Optionen in die nächste Großstadt zu fahren, um dort passende Bücher zum Thema zu finden.

Da ich bei solchen Erlebnissen nicht gleich mit Feuer und Flamme eine übernatürliche Erklärung heranzog, habe ich zunächst versucht, eine nachvollziehbare, irdische Erklärung für diese beiden Erlebnisse zu finden. Leider bin ich zu keiner für mich zufriedenstellenden Erklärung gekommen. Im Gegenteil: Das Erlebnis mit dem identischen Traum wurde für mich sogar noch mysteriöser. Ich habe lange darüber nachgedacht, ob mein Bruder und ich ein gemeinsames Erlebnis gehabt haben könnten, das diesen Traum bei uns beiden hätte auslösen können.

Der Mensch verarbeitet im Schlaf vor allem Erlebnisse, die er im Wachzustand hatte. Das Einzige, was möglich sein konnte war, dass mein Bruder und ich irgendwann zusammen zur relativ gleichen Zeit den Film *Tarantula* des Regisseurs Jack Arnold gesehen hatten, in dem es auch um eine mutierte Riesenspinne ging. In den 80er-Jahren gab es in den dritten Programmen regelmäßig eine Filmreihe, in der die alten Jack Arnold Filme gezeigt wurden. Für den

Fall, dass wir diesen Film am Abend zuvor oder wenige Tage zuvor gesehen hätten, hätte ich eine – natürlich nicht hundertprozentige, aber immerhin plausible – Erklärung für dieses Erlebnis gehabt. Da ich damals wirklich sehr intensiv darüber nachdachte, wieso wir gleichzeitig den gleichen Traum hatten, wäre ich sicher auf diese Möglichkeit gekommen.

Ich versuchte andere Aspekte dieses Traumes genauer zu betrachten, um Licht ins Dunkel zu bringen. Im Traum lebte unsere Familie im Haus meiner Großmutter. Ich selber hatte nie dort gewohnt, allerdings hatte mein Bruder viele Jahre seiner Kindheit dort verbracht, da meine Familie erst kurz nach meiner Geburt in das Haus einzog, in dem ich aufwuchs. Von daher macht der Traum aufgrund des Umstandes, dass er während seiner Kindheit im Haus meiner Großmutter wohnte, für ihn mehr Sinn.

Nehmen wir für einen Moment an, Telepathie sei ein wissenschaftlich erklärbares und anerkanntes Phänomen. Ich denke, die nächste Frage die man stellen muss ist, ob ich in diesem Fall ein guter Sender von Gedanken, oder ein guter Empfänger gewesen wäre. Da die Umstände des Traumes aufgrund des im Traum vorkommenden Wohnortes besser zu meinem Bruder passten, wäre ich in diesem Falle der Empfänger des Traumes beziehungsweise der Gedanken meines Bruders. Wenn wir dieses Postulat auf mein Erlebnis mit dem Segelflieger umlegen, dann wäre ich ebenfalls der Empfänger. Mein Bruder wusste und sah, dass er im Segelflieger über unser Haus flog, konnte oder besser gesagt musste also entsprechende Gedanken aussenden. Ich wiederum sah ja aktiv nur ein weiter nicht ungewöhnliches Segelflugzeug, welches über unser Haus flog. Ich hätte also gar keine Veranlassung, bewusst oder unbewusst, einen Gedanken an meinen Bruder zu senden. Die Information *Segelflieger mit Bruder über dem Haus* konnte also lediglich auf herkömmlichem Wege, nämlich mithilfe des Sehsinns ins Gehirn meines Bruders gelangen, also durch reguläre Wahrnehmung.

Mit diesem Erlebnis und dieser Erklärung fühlte ich mich also schon in sehr jungen Jahren zum Gedankenleser berufen. Obwohl mir heute selbstverständlich eine übernatürliche Erklärung meiner Erlebnisse am liebsten wäre, bin ich innerlich zumindest Skeptiker genug, um solche Dinge gründlich zu hinterfragen.

Erst vor etwa zwei Jahren sprach ich mit einem befreundeten Biologen und Psychologen über diese Erlebnisse. Er bot mir noch eine Erklärung an, die ich jedoch so nicht wirklich annehmen mochte. Er hielt es für möglich, dass ich mich komplett falsch an diese Erlebnisse erinnere. Im Grunde wirft er die Frage auf, ob dies alles denn wirklich stattgefunden hat. Der klinische Begriff für dieses Phänomen lautet *Pseudoerinnerungen.* Pseudoerinnerungen sind laut Definition *erfolgreich eingeredete, aber nicht erlebte Ereignisse* oder *erfolgreich ausgeredete, jedoch tatsächlich stattgefundene Ereignisse.* Nun gibt es auch hier verschiedene Abstufungen. Man spricht zum einen von Erinnerungsfälschung: etwas überhaupt nicht Erlebtes wird als erlebt vorgestellt. Die andere Variante wäre die Erinnerungsverfälschung: ein erlebtes Ereignis wird in der Erinnerung entstellt und verändert. Diese Pseudoerinnerungen unterscheiden sich nach Meinungen diverser Forscher von vorsätzlichen Falschaussagen oder Lügen dadurch, dass der Betreffende selbst, im vorliegenden Fall also ich selber, die Erinnerung für richtig hält.

An der Universität von Seattle führte die nicht unumstrittene Psychologin Elizabeth Loftus interessante Versuchsreihen durch, um falsche Kindheitserinnerungen in die Köpfe ihrer Probanden zu schleusen. Sie suchte sich Probanden aus, die als Kind in Disneyland gewesen waren. In den USA wahrscheinlich eine einfache Übung. Innerhalb der Testreihen zeigte sie insgesamt 167 Probanden eine gefälschte Werbeannonce des Disneykonzerns, in der der Proband als Kind neben einer Person im Bugs-Bunny-Kostüm abgebildet war. Auf Nachfrage konnten sich tatsächlich immerhin 26 dieser Probanden plötzlich erinnern, wie sie als Kind in Disneyland Bugs Bunny begegnet waren. Einige berichteten sogar, wie die Comicfigur ihnen die Hand geschüttelt und eine Karotte herbeigezaubert hatte. Das Ganze hat nur einen gewaltigen Haken: Hier müssen mit absoluter Sicherheit falsche Erinnerungen am Werk gewesen sein, denn Bugs Bunny ist keine Disneyfigur, sondern gehört zu den Comicfiguren der Konkurrenz *Warner Bros.* Die Walt-Disney-Parks würden mit Sicherheit keine Figur ihres Konkurrenten im Park herumlaufen lassen.

Ich halte dieses Experiment dennoch nicht für besonders aussagekräftig. Auch *Warner Bros.* unterhält in den USA Vergnügungsparks, und wer sagt denn, dass die Probanden als Kind nicht in beiden Parks waren und irgendetwas durcheinanderbrachten? Außerdem: Wer würde sich nicht geschmeichelt fühlen, wenn man auf mutmaßliche Werbeaufnahmen angesprochen wird, die man als Kind angeblich gemacht hat, egal ob es stimmt oder nicht? Ich kann mir vorstellen, dass unter den Probanden nicht wenige waren, die diesen Hauch von Ruhm genossen und so getan haben, als ob sie als Kind wirklich Werbung für Walt Disney machten, auch wenn sie von vornherein wussten, dass dies nicht den Tatsachen entsprach. Im Nachhinein zurückzurudern um eine Lüge zuzugeben, ist schwieriger, als dem Versuchsleiter vorzugaukeln, man würde sich an etwas falsch erinnern, sogar noch etwas, was der Versuchsleiter gerne hören wollte.

Wesentlich erfolgreicher als beim Bugs-Bunny-Experiment ließen sich bei ähnlichen Versuchen Probanden mit andersgearteten gefälschten Fotos manipulieren: Elizabeth Loftus montierte mit einem Bildverarbeitungsprogramm ein Kindheitsporträt der jeweiligen Versuchsperson zusammen mit deren Vater in das Foto eines Heißluftballons. Diesmal erinnerte sich jeder zweite Befragte an eine Ballonfahrt, die aber nie stattgefunden hatte. In anderen Versuchsreihen suggerierte Loftus mithilfe mentalistischer Techniken den Teilnehmern, dass sie als Kind beim Ballspiel ein Fenster eingeschlagen oder bei einer Familienfeier Getränke über die Festtagskleidung der Gäste gegossen hätten.

In der Tat sind das beeindruckende Studien, dennoch stellt sich mir die Frage, ob es nicht bei den erwähnten Versuchsreihen eine hohe Anzahl von Probanden gab, die tatsächlich als Kind eine Ballonfahrt gemacht haben und wer hat als Kind nicht irgendwann einmal absichtlich oder unabsichtlich etwas kaputt gemacht oder jemandem ein Getränk über die Kleidung geschüttet?

Loftus sagt: *Wir sollten realisieren, dass unser Gedächtnis jeden Tag neu geboren wird.*

Dies ist eine beunruhigende Theorie, denn es sind schließlich unsere Erinnerungen, die unsere Persönlichkeit und letztendlich unsere Identität ausmachen: Der Mensch ist zu einem sehr großen Teil derjenige, der man glaubt gewesen zu sein.

Oft vergleichen wir unser Gehirn mit einer Festplatte, auf der wir unsere Erinnerungen speichern. Laut der gängigen Lehrmeinung ist unser

Gehirn jedoch ein extrem lebhaftes Organ, welches kontinuierlich unsere Erinnerungen filtert und manchmal auch verändert. Aus diesem Grund werden Urlaubstage auch mit jedem Dia-Abend noch schöner.

Unser Gehirn lässt sich grundsätzlich betrachtet leicht manipulieren (zum Glück für alle Mentalisten), wenn man die entsprechenden Techniken beherrscht. Obwohl die These der Pseudo-erinnerungen auf den ersten Blick relativ plausibel klingt, habe ich auf meine eigenen Erlebnisse bezogen erhebliche Zweifel, ob diese damit erklärt werden können.

Es wäre jedoch unseriös von mir, diese Möglichkeit überhaupt nicht in Betracht zu ziehen. Ich persönlich neige aber dazu, dass die von mir geschilderten Erinnerungen tatsächlich so stattgefunden haben. Dies würde ich jederzeit beschwören. Nüchtern betrachtet könnte man fragen, welche Erklärung denn unwahrscheinlicher sei: dass ich mich an zwei Erlebnisse meiner Kindheit völlig falsch erinnere beziehungsweise mich an etwas erinnere, das nie stattgefunden hat, oder dass ich wirklich zwei echte, telepathische Erlebnisse hatte. Wenn ich wählen dürfte: Ich bin für Letzteres. Das passt dann auch besser zu meiner Berufswahl.

Aber wie wahrscheinlich ist es, dass es Telepathie oder Gedankenübertragung wirklich gibt? Und was ist es genau?

Im Jahre 1911 wurde die Universität von Stanford zur ersten Forschungsanstalt innerhalb der Vereinigten Staaten, in der an außersinnlicher Wahrnehmung – Telepathie und Psycho- beziehungsweise Telekinese (das Bewegen von Gegenständen mit reiner Gedankenkraft) – unter Laborbedingungen geforscht wurde.

Um 1930 herum lief die Duke University in Durham der Universität von Stanford den Rang in Sachen parapsychologische Forschungen ab. Unter der Leitung der Psychologen William McDougall, Karl Zener und Joseph Banks Rhine begann die Erforschung außersinnlicher Wahrnehmung im großen Stil.

Freiwillige Studenten wurden als Probanden und Versuchspersonen für eine Reihe von Tests herangezogen. Es galt unumstößliche Belege für die Existenz paranormaler Phänomene zu finden.

Karl Zener entwickelte die nach ihm benannten *Zener-Karten*, auch als *ESP-Karten* bekannt. Hierbei handelt es sich um Symbolkarten. Es gibt fünf verschiedene Karten mit den Symbolen *Stern*, *Wellenlinien*, *Kreuz*, einen *Kreis* und ein *Quadrat*. Die Karten werden gemischt und das Testsubjekt versucht dann, die Reihenfolge der Karten zu erraten; oder ein *Sender* wirft einen Blick auf eine Karte und bemüht sich dann, seine Wahrnehmung auf telepathischem Wege an eine *Empfänger*-Person zu übermitteln. Die reguläre statistische Wahrscheinlichkeit, dass der Empfänger die richtige Karte nennt, liegt demnach bei 20 Prozent oder 1:5.

Zu Beginn dieser Forschungen mit den *Zener-Symbolen* wurden jedoch keine Karten benutzt, sondern Holzwürfel, auf denen auf jeder Seite eines der Symbole eingraviert war. Anfangs arbeitete man noch mit einem weiteren Symbol, einer auf der Seite liegenden Acht. Dieses Symbol ist übrigens auch das Zeichen für die Unendlichkeit in der Mathematik. Da die ersten Versuche mit Würfeln wenig erfolgreich waren, reduzierte man die Trefferwahrscheinlichkeit von 1:6 auf 1:5, indem man von nun an mit Fünferkartensets, anstatt mit Würfeln arbeitete. Wenn zwei Versuchspersonen bei beispielsweise 100 Versuchen eine über zwanzigprozentige Trefferquote erreichten, konnte man darauf schließen, dass etwas anderes als der reine Zufall mitspielen könnte. In kurzen Testphasen sind laut Zufallsgesetz jedoch höhere Trefferquoten zu erwarten. Sollte man beispielsweise 9 von 25 Karten richtig erraten (36 Prozent Trefferquote), wäre dies zumindest statistisch gesehen noch im Bereich des Normalen. Sollte man diese Quote über 100 Testreihen halten können, sähe das Ganze schon anders aus und man könnte dann davon ausgehen, dass hier mit aller Wahrscheinlichkeit nach mehr als nur der Zufall seine Hände im Spiel hätte.

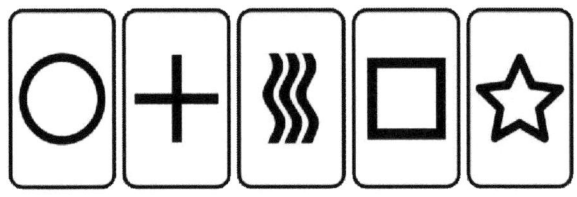

ESP-Karten

Mit den Zener-Karten wurden in den Testreihen Ergebnisdaten erhoben, die dann mithilfe standardisierter statistischer Methoden ausgewertet werden konnten. Durch Rhines Buch *New Frontiers of the Mind*, welches im Jahre 1937 veröffentlicht wurde, wurde die Laborforschung an der Duke University in die Öffentlichkeit getragen. Rhine gründete daraufhin innerhalb der Duke University ein selbstständiges, parapsychologisches Labor und rief die Zeitschrift *Journal of Parapsychology* ins Leben, die er zusammen mit William McDougall herausgab.

Die parapsychologischen Experimente an der Duke University stießen in akademischen Kreisen auf Kritik, weil die Art der Herangehensweise der Testreihen nicht akzeptiert und jede Existenz von außersinnlicher Wahrnehmung angefochten wurde. Rhine und seine Mitarbeiter versuchten durch veränderte Verfahren und weiterer Studien und Forschungen die Vorwürfe und Argumente ihrer Gegner zu entkräften. In einer weiteren Studie stellten Sie ihre Ergebnisse wiederum einer breiten Öffentlichkeit zur Verfügung, diese wurde aber erneut von der akademischen Welt nicht anerkannt.

Rhine ging 1965 in den Ruhestand. 1995, anlässlich des hundertsten Geburtstages von J. B. Rhine, wurde an der Duke University das *Rhine Research Center* gegründet, ein parapsychologisches Forschungsinstitut, das sich laut eigenen Angaben bemüht, die *Tiefe, Weite und die Möglichkeiten des menschlichen Bewusstseins* zu erforschen. Eine Dependance dieses Institutes ist vor einigen Jahren unter dem Namen *Paralabs* in Berlin entstanden und unterstützt

Mentalisten und Parapsychologen bei ihren Forschungsarbeiten.

Die älteste parapsychologische Forschungsgesellschaft Europas, die *Society of Psychical Research,* steht den Arbeiten Rhines ebenfalls sehr skeptisch gegenüber. In einer Stellungnahme zu Rhines Experimenten heißt es dort: *Nur eine Häufigkeit von nahezu hundert Prozent würde die Möglichkeit des Gedankenlesens einwandfrei beweisen.*

Mit der Telepathie beschäftigen sich in den USA seit einiger Zeit angeblich auch seriöse technische Forschungsinstitute, wie zum Beispiel die *Rand-Corporation, General Electric,* die *Bell Telephone Company* und gerüchteweise auch das Forschungszentrum der amerikanischen Armee. Man sollte jedoch die Möglichkeit in Betracht ziehen, dass es sich bei Letzterem lediglich um eine Verschwörungstheorie handelt.

Nicht nur die USA, auch die Sowjetunion führte seit den 20er-Jahren parapsychologische Forschungen durch. Der Begründer der sowjetischen PSI-Forschung war der im Jahre 1966 verstorbene Leningrader Physiologe Professor Leonid L. Wassiljew. Dieser veranstaltete schon in den 30er-Jahren telepathische Versuchsreihen, bei denen es um Gedankenübertragungen über größere Entfernungen ging, darunter den spektakulären Versuch von der Stadt Sewastopol aus, ein im 2.200 Kilometer entfernten Leningrad (heute St. Petersburg) befindliches Medium mittels Fernsuggestion zum Einschlafen beziehungsweise Aufwachen zu bringen.

Wassiljews Ziel war es, die Elektrizität des menschlichen Gehirns nachzuweisen, die nach seiner Auffassung als buchstäbliches Transportmittel für Gedanken dienen könne. Es gelang ihm jedoch nicht, sich durch den Äther bewegende elektromagnetische Felder nachzuweisen.

Vermeintlich größeren Erfolg hatte er beim Nachweis von Psychokinese (das Bewegen von Gegenständen mit reiner Gedankenkraft). Während seiner Forschungen stieß Wassiljew auf ein Medium namens Nina Kulagina. Kulagina konnte anscheinend Salzstreuer, Zigarrenhülsen und Streichholzschachteln ohne sichtbare Beteiligung der Hände in Bewegung versetzen.

In den 60er-Jahren wurden die Fähigkeiten Kulaginas international recht kontrovers diskutiert. In der Ära des Kalten Krieges produzierten sowjetische Wissenschaftler kurze Schwarz-Weiß-Filme, in denen Kulagina ihre Fähigkeiten demonstrierte. So ließ sie beispielsweise Kompassnadeln mit ihren bloßen Händen rotieren, bewegte Streichhölzer und andere kleine Gegenstände, die sich unter einem Glaskubus befanden und ließ Tischtennisbälle schweben.

Diese Filme erregten großes Aufsehen unter Wissenschaftlern weltweit und galten lange Zeit für viele Parapsychologen als Beweis, dass psychokinetische Phänomene tatsächlich existierten. In einem Memorandum der Sowjetregierung hieß es, dass Kulagina von vierzig Wissenschaftlern überprüft wurde, darunter zwei Nobelpreisträger, die allesamt bestätigten, dass hier keine Tricksereien am Werk seien.

In einem perfiden Experiment tötete Kulagina 1970 angeblich einen Frosch, in dem sie das Herz des Tieres mit purer Gedankenkraft dazu brachte, aufzuhören zu schlagen. In einem anderen Filmclip wurde dieses Experiment an einem Menschen wiederholt, wurde dann aber im entscheidenden Moment abgebrochen. Im Film sieht man Kulagina gegenüber eine Testperson an einem Tisch sitzen, die augenscheinlich plötzlich Herzschmerzen und Atemnot bekommt.

Kulagina behauptete, sie hätte diese Fähigkeit von ihrer Mutter geerbt. Entdeckt hätte sie diese, als sie bemerkte, dass Gegenstände um sie herum sich willkürlich und ohne Krafteinwirkung von außen bewegten und das jedes Mal, wenn sie wütend war. Sie sagte, sie müsse vor dem Einsatz ihrer Kräfte immer eine Weile meditieren, um ihren Verstand von allen Gedanken zu reinigen. Sobald sie die nötige Konzentration aufgebaut hätte, fühle sie einen stechenden Schmerz im Rücken und würde nur noch undeutlich sehen können. Außerdem würden Gewitterstürme ihre Kräfte beeinflussen und manchmal sogar zum Erliegen bringen.

Viele Zweifler gaben zu bedenken, dass die langen Vorbereitungszeiten, in denen sich Kulagina mittels Meditation auf ihre angeblichen Kräfte einstimmte, und die Orte, wo sie das tat (in der Regel in einem Hotelzimmer), es möglich machten, dass sie mit wie auch immer gearteten Tricks arbeitete. In der Tat beherrschen es die meisten Mentalisten, ihrem Publikum psychokinetische Effekte zu demonstrieren. Außerdem gab es in der Zeit des Kalten Krieges genügend Motive, die Erfolge der Untersuchungen vorzutäuschen, denn Russland stand in Konkurrenz zu den USA, die zeitgleich ähnliche Experimente durchführten. Die vermeintlichen Erfolge von Nina Kulagina hatten einen beträchtlichen, nicht zu unterschätzenden Propagandawert.

Der Skeptiker Vladimir Lvov veröffentlichte in den 70er-Jahren einen Artikel in der russischen Tageszeitung Pravda, in dem er Kulagina des Betruges bezichtigte. Er behauptete, sie würde einen ihrer Tricks mit einem versteckten Magneten bewerkstelligen. Wissenschaftsautor Martin Gardner beschrieb 1983 Kulagina in seinem Buch *Science: Good, Bad and Bogus* als plumpen Scharlatan, welcher bereits zweimal dabei erwischt wurde, wie mit Trickhandlungen Gegenstände in Bewegung versetzt wurden.

Der Deutsche Dr. Jürgen Keil, der einen Lehrstuhl an der University of Tasmania in Australien innehatte, besuchte Nina Kulagina in den 70er-Jahren in ihrer Wohnung in Moskau, wo er sie erneut auf die Probe stellte. Er ist aufgrund eines Experimentes mit einem Pingpong-Ball, der an einer Spiralfeder in einem Plexiglaskubus befestigt war, jedoch überzeugt, dass Nina Kulagina über echte psychokinetische Fähigkeiten verfügte.

Im heutigen Russland ist Nina Kulagina so bekannt, wie hierzulande Uri Geller. Sie verstarb

1990 an Herzversagen. Viele Ihrer Anhänger behaupten bis heute, dass die vielen Experimente Kulagina zu viel Kraft gekostet hätten und ihr Tod somit beschleunigt wurde.

Die Aufnahmen der von ihr durchgeführten Experimente inspirierten unter anderem den Autor Peter van Greenaway zu seinem Roman *The Medusa Touch*, welcher 1978 mit Richard Burton in der Hauptrolle in Deutschland unter dem Titel *Die Schrecken der Medusa* zum ersten Mal im Fernsehen gezeigt wurde. In einer Szene ist in diesem Film auch eine Originalaufnahme von Nina Kulagina zu sehen. Dieser Film hat im Übrigen auch recht stark zu meinem Interesse für das Übernatürliche beigetragen.

Für den Fall, dass ich nun Ihr Interesse an Psychokinese geweckt haben sollte, versuchen Sie es doch selber einmal: Nehmen Sie einen Radiergummi oder eine Streichholzschachtel als Basis und stecken Sie mittig eine Nähnadel hinein. Falten Sie nun ein quadratisches, etwa 7 x 7 cm großes Stück Aluminiumfolie zweimal jeweils von einer Ecke zur gegenüberliegenden, und formen Sie die Folie zu einem *Hütchen*. Legen Sie dieses nun auf die vertikal stehende

Nadel und balancieren Sie es aus. Wenn das so entstandene sogenannte *PSI-Wheel* nun vor Ihnen auf dem Tisch steht, konzentrieren Sie sich kurz, reiben Sie ihre Handflächen mehrmals fest gegeneinander und erschaffen Sie so die für dieses Experiment nötige *Chi-Energie*. Umfassen Sie nun mit Ihren Händen die von Ihnen gebaute Konstruktion, jedoch ohne diese zu berühren. Versuchen Sie nun, mit purer Gedankenkraft die Aluminiumfolie auf der Nadelspitze zum Drehen zu bringen. Mit einiger Übung wird Ihnen das gelingen.

Böse Zungen werden vielleicht behaupten, Ihre durch die Reibung heiß gewordenen Hände würden die Luft unter der Folie erwärmen und auf diese Weise eine Zirkulation mit der kühleren Umgebungsluft verursachen, welche die Folie zum Rotieren bringt. Aber Sie wissen es ja immerhin besser …

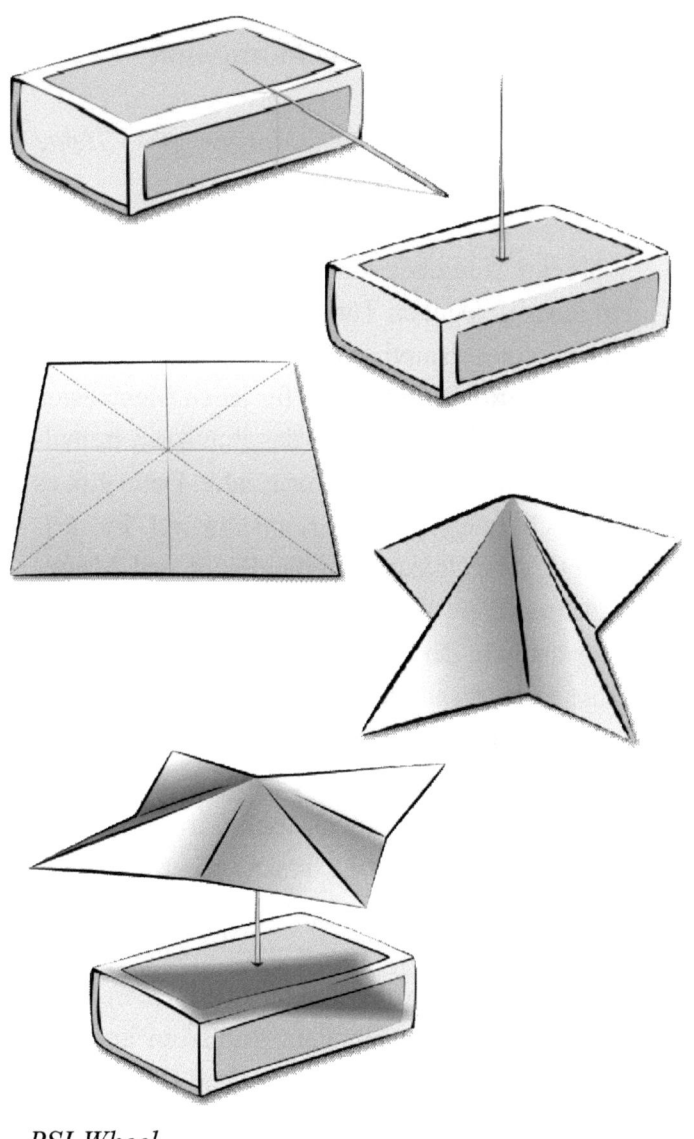

PSI-Wheel

Und täglich grüßt das Murmeltier

Aber was, wenn es kein Morgen gibt? Heute gab's nämlich auch keins.

Während Menschen mit einem bürgerlichen Beruf einer geregelten Tätigkeit nachgehen, ist das Leben eines hauptberuflichen Bühnenkünstlers turbulenter. Die Highlights für jeden Mentalisten sind jene Auftritte, für die das Publikum freiwillig Geld für eine Eintrittskarte zahlt. Dann gibt es natürlich noch die Engagements auf Firmen-Events, Abendgalas, Familienfeiern und Messeauftritte. Wer glaubt, jeder Auftritt sei gleich oder ähnlich, der ist im Irrtum. Da ich als Mentalist mein Publikum einbinden muss (immerhin brauche ich ja genug Probanden, deren Gedanken ich lesen kann), hängt der Erfolg einer Show immer sehr stark von den Zuschauern ab.

Wer Geld für eine Eintrittskarte bezahlt, weiß worauf er sich einlässt und bringt in der Regel auch das nötige Interesse und Vorfreude mit, um die Show in vollen Zügen zu genießen.

Wie sieht es aber mit dem Publikum aus, das nicht weiß, was es zu erwarten hat? Das passiert öfter, als man es im ersten Moment erwarten würde.

Stellen Sie sich vor, Sie werden als Entertainer für die Weihnachtsfeier eines Unternehmens gebucht. Einerseits liebe ich diese Engagements aufgrund der branchenüblichen Honorare für Künstler, die mir kurz vor Weihnachten genug Geld in die Taschen spülen, um einigermaßen gut über die auftrittsärmeren Monate Januar bis März zu kommen. Andererseits kann es für Mentalisten schnell zum Albtraum werden, wenn die Vorbereitung dieser Events nicht so verläuft wie man es eigentlich erwarten sollte:

Vor wenigen Jahren war ich Rahmen einer Firmenweihnachtsfeier mit etwa dreihundert Zuschauern engagiert. Dies bereits das dritte Jahr in Folge, aber diesmal sollte alles anders werden.

Nachdem der Engagementvertrag von beiden Seiten unterschrieben war, wartete ich also auf den Programmablauf, der mir per E-Mail geschickt werden sollte. Die Jahre zuvor gab es für die Teilnehmer des Firmen-Events ein Drei-Gänge-Menü, als Highlight kam dann meine Show von fünfundvierzig Minuten Länge zwischen Hauptgang und Nachspeise. Allerdings hatte sich die Geschäftsleitung aufgrund eines Firmenjubiläums in diesem Jahr etwas Besonderes einfallen lassen.

Anstatt einer E-Mail mit einem Ablaufplan bekam ich einen Anruf, ich solle um 15:00 Uhr zum Soundcheck kommen, mein Auftritt wäre dann abends gegen 20:00 Uhr, nach der Ansprache des Geschäftsführers. Soweit so gut. Mit der Pause zwischen 15:30 und 20:00 Uhr konnte ich gut leben, schließlich berechne ich meinen Firmenkunden grundsätzlich eine Tagesgage und solche Leerzeiten werden von mir einkalkuliert.

Als ich nach drei Stunden Autofahrt zum Soundcheck in der gemieteten Mehrzweckhalle eintraf, merkte ich schon, dass in diesem Jahr einiges anders werden würde. Außer mir waren eine fünfköpfige Band, ein Feuerschlucker, eine Artistengruppe und eine Tanzgruppe vor Ort, die ebenfalls zum Soundcheck geladen waren. Mir wurde schlagartig klar, dass ich nur noch ein Teil eines Varietéprogramms sein sollte, mit dem die Mitarbeiter und Mitarbeiterinnen des Unternehmens an diesem Abend überrascht und bespaßt werden sollten. Die Organisatorin des Abends lief in einer Tour panisch durch den ganzen Saal und schrie vor sich hin, offenbar schien mit der Technik einiges nicht so zu funktionieren, wie es sollte. Immerhin nahm sie sich dann doch nach etwa einer Stunde Wartezeit zehn Minuten für mich, um den Auftritt durchzusprechen. Zu meinem Entsetzen erfuhr ich, dass mein Part dann doch am Ende der Veranstaltung gegen 22:30 Uhr stattfinden sollte, weil die Tanzgruppe und die Artistengruppe darauf bestanden, spätestens um 22:15 gehen zu müssen. Diese Künstler sollten also vorgezogen werden. Ich habe natürlich auf das Heftigste protestiert, aber ohne Erfolg, denn die Nerven der Dame, die wahrscheinlich unfreiwillig zur Koordinatorin der Abendveranstaltung gemacht wurde, lagen blank. In dem Moment wusste ich, dass dies wahrscheinlich der schlimmste Auftritt meines Lebens werden sollte.

Falls Sie schon eine meiner Shows gesehen haben, wissen Sie ungefähr, was in meinem Programm passiert: Ich versetze Zuschauer in einen Entspannungszustand, wobei auch Techniken der Hypnose verwendet werden. Andere Zuschauer sollen sich auf geometrische Formen, Zahlen oder einzelne Wörter konzentrieren. Wiederum andere haben die Aufgabe, sich an möglichst viele Details aus Kindertagen zu erinnern. Was dann passiert ist mit Sicherheit unterhaltsam, sensationell und aufregend. Allerdings nicht, wenn direkt vor mir ein Feuerspucker, eine Tanzgruppe und eine Artistengruppe das Publikum so angeheizt haben, dass dieses bereits grölend auf den Tischen tanzt.

Es kam abends bei der Show also so, wie es kommen musste. Nach der Artistengruppe, die auf der Bühne eine menschliche Pyramide gebaut hatte, kam die Koordinatorin zu mir und teilte mir mit, dass mein Auftritt nun gleich an der Reihe wäre. Mein Tisch mit den Requisiten stand auch schon einsatzbereit auf der Bühne – also die Bücher, die ESP-Karten und Zettel, auf denen Probanden im Publikum gleich eine kurze Szene eines Films skizzieren sollten ... Jedenfalls, so wurde mir mitgeteilt, sollte noch einmal die Band spielen. Danach sollte ich dann sofort auf die Bühne gehen. Während die Band den allseits beliebten Song *Komm hol' das Lasso raus* anstimmte, zu dem das zum größten Teil alkoholisierte Publikum bereits auf dem Tisch stand und pantomimisch den Vortänzer auf der Bühne imitierend imaginäre Lassos schwang, stand mir der Angstschweiß in den Schuhen. Schon jetzt stand fest, dass ich mitten in mein Verderben laufen würde. Ich, der erst wenige Wochen zuvor bei einem anderen Auftritt in einem Kölner Theater mit Standing Ovations beglückt wurde, sollte nun ins offene Messer einer organisatorischen Katastrophe laufen.

Was sollte ich also tun? Ich kämpfte mich durch und dachte nur an meine Gage. Die erste Nummer, bei der das ganze Publikum miteinbezogen wurde, lief noch einigermaßen glimpflich ab und wurde sogar mit einem Applaus gewürdigt. Danach wurde es nur noch schlimm: Ich brauchte eine Zuschauerin auf der Bühne, die sich ein Hauptwort aus einem Buch merken sollte, und ging in den Zuschauerraum, um eine geeignete Dame zu finden. Die ersten drei Frauen, die ich ansprach waren nicht dazu zu bewegen, mit mir auf die Bühne zu kommen, also entschied ich mich für eine Zuschauerin, die auf mich eher einen schüchternen Eindruck machte und die mir tatsächlich still und leise auf die Bühne folgte. Ich fragte nach ihrem Namen. Ich hatte eine durchaus attraktive, junge Frau mit dem Namen Mandy erwischt. Wieder auf der Bühne angekommen forderte ich mit den Worten »Bitte einen riesen Applaus für Mandy!« Beifall ein. Das Publikum kam der Aufforderung nach und fing an *Mandy* von Barry Manilow zu intonieren. Auf dem Höhepunkt des Applauses drehte sich Mandy um und übergab sich hinter das Schlagzeug. Das Publikum grölte vor Lachen. Ich brachte nur hervor: »Das war noch nicht der Trick!«

In diesem Moment kamen Helfer der freiwilligen Feuerwehr, die am Abend dieser Veranstaltung ebenfalls zugegen waren, auf die Bühne und stritten sich dabei, wer denn nun die Frau mit dem Rautek-Rettungsgriff von der Bühne tragen dürfe, dicht gefolgt von drei Artisten, die von ihrer Nummer noch die letzten Bälle einsammelten, welche sie auf der Bühne hatten liegen lassen. Offenbar waren die armen Künstler besorgt, dass diese anfällig seien für die überall verspritzte Magensäure.

Ich zeigte dann noch den altbekannten Effekt mit den vier Bechern, unter denen ein Nagel versteckt ist. Zu diesem Teil der Show benötigte ich wieder eine Person aus dem Publikum. Ich hätte jedoch nicht das Stichwort *Russisches Roulette* erwähnen sollen, mit dem ich diese Illusion beschrieb, denn eine orangeblonde Matrone namens Olga wurde von ihren Kollegen auf die Bühne geschoben. Olga verstand kein Wort von dem was ich sagte, denn sie war tatsächlich Russin mit offenbar wenig deutschen Sprachkenntnissen. Immerhin schaffte sie es dennoch, den kleinen Holzblock mit dem Nagel unter einem von vier Plastikbechern zu verstecken, während ich in die andere Richtung schaute. Normalerweise referiere ich bei dieser

Nummer noch über die statistischen Gewinnchancen beim russischen Roulette und die Historie dieses bekannten Spiels, aber das wollte ich mir in dieser Situation nicht antun, ich wollte nur noch nach Hause. Ich schlug also schnell nacheinander die drei sicheren Becher kaputt, zeigte dem Publikum den Nagel, den ich zum Glück nicht getroffen hatte, verabschiedete zuerst Olga und dann mich selbst, schnappte meinen Tisch mit den zum größten Teil ungenutzten Requisiten und verschwand von der Bühne.

Nachdem ich alles im Auto verstaut hatte, ging ich zurück zur schon erwähnten Dame, welche das Abendprogramm organisierte, um mich zu verabschieden. Diese trank gerade ihr gefühlt fünfzehntes Glas Gin on the rocks und sagte nur: »Herrrr Ruttth! War subber ... Un'sssie sch-schi-schigge mir die Reschnung. Awwer an dddie Firma!«

Ich erinnere mich noch sehr gut an die Rückfahrt nach Hause an diesem Abend. Dies war einer der wenigen Momente in meinem Leben in denen ich es bereut hatte, meine Lehre als Industriekaufmann nach wenigen Monaten abgebrochen zu haben. In dieser Nacht habe ich mich auf dem Heimweg gefragt, wie mein Leben wohl verlaufen wäre, wenn ich nicht ständig den Drang verspüren würde, mich auf der Bühne selber zu verwirklichen …

Würde mein Beruf als Mentalist nur aus diesen und ähnlichen Erlebnissen bestehen, wäre ich entweder bereits in der geschlossenen Anstalt gelandet oder würde als Taxifahrer arbeiten.
Die Highlights meines Berufes sind die bereits erwähnten Auftritte an Theatern, wenn diese darüber hinaus auch noch gut besucht sind. Die Abende, an denen man eine intensive und freundschaftliche Beziehung zum Publikum aufbaut und dann tatsächlich auf der Bühne kleine und große Wunder vollbringt, gehören zu den schönsten Seiten meines Berufes. Der Erfolg einer solchen Show hängt natürlich auch sehr vom Veranstalter ab. Wenn vorher die Presse informiert wurde, die Vorankündigungen schreibt, und wenn genug Werbeplakate in den Straßen hängen, dann bin ich die allermeiste Zeit absolut zuversichtlich, dass die Show erfolgreich sein wird. Manchmal, wenn ich vorab durch die Straßen eines Orte gehe und dabei mehrere Plakate mit meinem Konterfei sehe, hat das teilweise schon etwas Unwirkliches. Werde ich dann auch noch von Passanten aufgrund der Plakate erkannt, fühle ich mich richtig prominent.

Wenn ein Veranstalter also schon im Vorfeld alles so gut organisiert, läuft die Show an sich immer reibungslos ab. Das sind dann die Tage, an denen ich weiß, warum ich mich für ein Leben auf der Bühne entschieden habe.

Wie bei den meisten Bühnenkünstlern, üben die *Bretter die die Welt bedeuten* auf mich einen starken Reiz aus. Und wie bei den meisten Künstlern sind auch meine Bretter zeitweise sehr dünn gewesen, sodass ich mich zusätzlich mit diversen Jobs über Wasser halten musste. Ich war lange Zeit der Meinung, dass eine gewisse Auftrittsdichte im Fernsehen mir zu mehr Engagements und zu einem größeren Bekanntheitsgrad verhelfen würde. In der Tat konnte ich einige Erfahrungen mit diversen Produktionsfirmen für namhafte Fernsehsender sammeln.

Das Fernsehen ist für unsereins immer ein Tanz mit dem Teufel. Trotz verbindlicher Zusagen und fester Verträge wird vieles, was im Vorfeld besprochen wurde, nicht eingehalten. 2008 zum Beispiel bekam ich eine Anfrage einer Produktionsfirma, die zum Thema *Gedankenlesen* eine ganze Folge eines Primetime Formates für einen renommierten TV-Sender drehen wollte. In mehreren Gesprächen im Vorfeld wurde vereinbart, dass ich meine Kunst zeigen, aber dem Fernsehpublikum keine Erklärung für die von mir gezeigten Fähigkeiten geliefert werden sollte. Dieses wurde sogar vertraglich fixiert.

An drei eher durchschnittlich bezahlten Drehtagen an möglichst mystischen Orten in Rheinland-Pfalz, wie beispielsweise Burgen und unterirdischen Verliesen, sollte ich spektakuläre Mentalexperimente an extra für dieses Programm gecasteten Probanden durchführen. Die Dreharbeiten waren entspannt und es machte sogar Spaß.

Es dauerte dann einige Monate, bis das fertige Programm zur besten Sendezeit im Fernsehen gezeigt wurde. Dabei wurde mir klar, was TV-Präsenz eigentlich bedeutet: Während der Sendung klingelten meine beiden Telefone unaufhörlich. Wildfremde Menschen hatten meine Homepage und meine Telefonnummern ausfindig gemacht. Da ich die Sendung natürlich in Ruhe anschauen wollte, stellte ich Festnetz- und Mobiltelefon auf lautlos. Obwohl die Sendung wirklich gut gemacht war, zumindest was Dramaturgie, Kameraführung und Musikunterlegung anging, gab es ein kleines Detail, welches mir doch ein gewisses Unbehagen bereitete: Entgegen aller Absprachen und dem vorher aufgesetzten Vertrag wurde permanent versucht, hinter das Geheimnis meiner gezeigten Experimente zu kommen. Es wurden Google-Ergebnisse diverser billiger Zauberartikel gezeigt, mit denen man angeblich die von mir erbrachten Darbietungen reproduzieren könne, und es wurden skurrile Mutmaßungen, die unrealistischer nicht sein konnten, als wissenschaftliche Erklärung für die von mir gezeigten Gedankenleseeffekte herangezogen. Sogar ein professioneller Kollege aus München, ebenfalls Mentalist, wurde angeheuert, um vor laufender Kamera eine Erklärung für das von mir Gezeigte abzugeben. Zum Glück hielt sich der Kollege weitgehend an das Berufsgeheimnis und gab absichtlich falsche oder schwammige Erklärungen jener Effekte ab, die ich in der Sendung zeigte.

In einem Experiment hatte ich die Aufgabe, den Namen einer mir unbekannten Person herauszufinden, an den einer der Probanden nur dachte. Nach mehreren angewandten Mentaltechniken kam ich auf den Namen *Florian*. Ich beschrieb also eine männliche Person, an die der Proband mutmaßlich dachte. Dieses Experiment wurde den Fernsehzuschauern durch die Stimme aus dem Off als absoluter Fehlschlag und grandioses Scheitern verkauft, denn die Versuchsperson dachte stattdessen an eine weibliche Person mit dem Namen *Florin*. Ich lag also mit dem Geschlecht und einem einzigen Buchstaben daneben. Ungeachtet dessen, dass solche Unschärfen einen Mentalisten glaubwürdiger erscheinen lassen können, wurde das ganze Experiment in der Sendung dann durch den Kakao gezogen. Zu allem anderen, was ich zeigte, wurden fadenscheinige Erklärungen geliefert, die zum Glück allesamt nichts mit der Realität gemein hatten, denn alle vom Sender gelieferten Erklärungen für mein Tun waren schlicht und ergreifend falsch.

Obwohl ich in der Sendung zumindest teilweise als überführt und verraten verkauft wurde, stand noch Tage danach mein Telefon nicht still. Die Sendung schien eine bestimmte Gruppe von Menschen extrem beeindruckt zu haben: die Esoteriker. Ich bekam skurrile Angebote von wildfremden Menschen. Ich sollte Liebeszauber durchführen, Schutzamulette weihen und Jenseitskontakte herstellen. Hätte ich nicht genug Skrupel gehabt, wäre es einfach gewesen, mich auf unmoralische Art und Weise an diesen Menschen zu bereichern. Es verlangte mir einiges an Zeit und Feingefühl ab, diesen Menschen zu erklären, dass ich Mentalismus nur auf Bühnen zeige. Vereinzelt biete ich jedoch auch Tarotsitzungen an. Allerdings anders, als man dies aus diversen Fernsehkanälen kennt. Im Gegensatz zu vielen anderen Kartenlegern finde ich das Tarot lediglich als Ergänzung zum Nachdenken über bestimmte Fragen des Lebens interessant, aber dazu später mehr.

Nur wenige Monate später bekam ich einen Anruf von einer anderen Produktionsgesellschaft und wurde zu einem Casting für eine Show namens *The Next Uri Geller* eingeladen. Dabei handelte es sich um ein TV-Format, welches auf der amerikanischen Fernsehshow *Phenomenon* beruhte. Der durch psychokinetisches Löffelverbiegen in den 70er-Jahren erfolgreich gewordene Mentalist Uri Geller sollte der Star der Sendung sein, der seinen Nachfolger suchte. Das Ding mit dem Nachfolger wurde in der Originalsendung in den USA niemals wirklich thematisiert. Hier handelte es sich um eine Castingshow, ähnlich wie *Deutschland sucht den Superstar*, nur dass die Teilnehmer nicht singen, sondern mit Zauber- und Mentalnummern das Fernsehpublikum dazu animierten, möglichst oft für ihren Liebling anzurufen. Ich war anfangs sehr interessiert, bei der Show mitzumachen. Wöchentlich im Fernsehen aufzutreten erschien mir seinerzeit aufregend und vielversprechend. Was ich jedoch zu diesem Zeitpunkt noch nicht wusste war, dass die Produktionsgesellschaft schon vorab einen genauen Plan hatte, welche Rollen die Teilnehmer darzustellen hatten. Unter anderem wollten sie einen Kandidaten vom Typ *verwirrter Professor*, einen Hip-Hop affinen Straßenzauberkünstler, einen dunklen, Furcht einflößenden Schwarzmagier, den arroganten zaubernden Dandy und ähnlich hanebüchen stereotype Figuren aus der Feder eines Drehbuchautors. Von alledem nichts ahnend freute ich mich auf das Casting und fragte am Telefon also nach, wann ich denn wo für die Probeaufnahmen erscheinen solle. Ich staunte nicht schlecht, als ich erfuhr, dass für die Probeaufnahmen und das Interview ein komplettes Fernsehteam zu mir nach Hause kommen sollte. Eigentlich hätte mich das schon stutzig machen sollen, denn ich fand diese Praktik recht ungewöhnlich. Mir kamen Bilder von Fernsehsendungen in den Kopf, die auf bestimmten Privatsendern am frühen Vormittag gezeigt werden, in denen sich zum Beispiel stark übergewichtige Frauen mit fettigen Haaren und bunten Jogginganzügen in einer Plattenbauwohnung gegenseitig anschreien. Ich schob diesen Gedanken jedoch schnell wieder zur Seite und ließ mich auf das Casting in meinem Wohnzimmer ein.

Nachdem ich wenige Tage später meine bessere Hälfte für einen Tag zu meinen (damals noch zukünftigen) Schwiegereltern komplimentiert hatte, war also alles bereit für die Filmaufnahmen bei mir zu Hause. Das Fernsehteam kam zur Mittagszeit an und ich wurde nun vor die Tatsache gestellt, dass das Wohnzimmer nun umgeräumt werden müsse, um optimale Bedingungen für den Filmdreh zu schaffen. Ich war allerdings extrem verwundert, denn ich ging von der Annahme aus, es handele sich um reine Probeaufnahmen. Ich wurde auf Nachfrage darüber informiert, dass man prophylaktisch bereits Teile der sogenannten *Home-Story* drehen würde, die man dann als Einspieler vor meinen Auftritten in der Sendung zeigen wolle. Ich machte gute Miene zum bösen Spiel, denn schließlich wollte ich ja ins Fernsehen, trotz meiner schlechten Erfahrungen mit der anderen Sendung.

Nachdem also die Möbel in unserem Wohnzimmer fernsehgerecht arrangiert und gefühlte zehn Scheinwerfer und zwei Kameras aufgebaut worden waren, begann es damit, dass ich vor laufender Kamera einige telepathische Experimente mit dem Regisseur machen sollte. Es ging alles glatt. Danach sollte ich mit verbundenen Augen willkürlich ausgesuchte Gegenstände erkennen, die man mir vor die Nase hielt. Auch hier hatte ich eine hundertprozentige Trefferquote.

Dann kam der schwierige Part: das Interview. Das Ganze begann mit mehreren harmlosen Fragen zu meiner Lebenssituation, meinen Interessen und weiteren banalen Dingen, aber dann ging es schließlich ans Eingemachte: Ständig wurde ich nach einschneidenden Erlebnissen aus meiner Kindheit gefragt. Welche Erfahrungen mich denn besonders geprägt hätten. Ich musste scharf nachdenken. Außer dass früher im Sportunterricht, wenn die Mannschaftskapitäne beim Fußball abwechselnd ihre Spieler aussuchten, ich immer bis zum Schluss übrig geblieben war, fiel mir nichts Besonderes ein – keine Traumata, keine schlimmen Erlebnisse und keine Familiendramen. Selbst wenn es die gegeben hätte, hätte ich den Teufel getan, diese für eine sehr überschaubare Gage einem Millionenpublikum zu offenbaren.

Nach diesem etwas unangenehmen Fragenkomplex wurde ich nach meiner Meinung zu Uri

Geller gefragt. Hier hatte ich einiges zu berichten, konnte ich mich doch noch gut an die Sendung *Der Große Preis* erinnern, in der Uri Geller mich schon als Kind beeindruckt hatte. Ich fand es bereits als Junge faszinierend, wie Geller scheinbar durch Gedankenkraft Löffel verbiegen konnte und kaputte Uhren zum Ticken brachte. Ich sprach also in den höchsten Tönen von Uri, schließlich hatte man mich schon vorher am Telefon instruiert, dass Uri Geller mein großes Vorbild sein müsse, um überhaupt eine Chance zu haben, bei der Sendung dabei zu sein. Daran habe ich mich gehalten. Ich konnte es mir, rebellisch wie ich manchmal sein kann, jedoch nicht verkneifen das Buch *The Truth about Uri Geller,* in dem der amerikanische Zauberkünstler James Randi Geller als Scharlatan zu überführen versuchte, während der Dreharbeiten prominent im Bücherregal zu platzieren.

Nach etwa eineinhalb Wochen kam dann ein Anruf der Produktionsfirma. Man könnte sich unter Umständen vielleicht vorstellen, mich in die Sendung mit hineinzunehmen, allerdings würde noch ein einschneidendes Erlebnis in meiner Vita gebraucht, das meine übernatürlichen Kräfte erklären würde. Ich solle doch bit-

teschön überlegen, ob ich vielleicht in Kindertagen vom Blitz getroffen wurde und seitdem
Gedanken lesen könne. Auch ein Autounfall,
nach dem ich plötzlich feststellte, dass ich einen
sechsten Sinn habe, sei für die Sendung von
Vorteil. Ich dachte tatsächlich zwei ganze Tage
über das Angebot nach. Irgendwann kam ich
jedoch zu der Erkenntnis, dass ich nicht der
nächste Uri Geller sein wollte, sondern doch
lieber Lars Ruth, und mir eigentlich auch niemand mit den Worten *The stage is yours* eine
Bühne gnadenhalber zuweisen muss. Am
glaubwürdigsten und authentischsten komme
ich auf der Bühne als ich selbst rüber und meine
Präsentationen sollten meinen persönlichen
Charakter bewahren und meine Handschrift
behalten. Also kamen Uri Geller und ich dann
doch nicht zusammen.

Für die zweite Staffel der Serie wurde ich wahrscheinlich deswegen schon gar nicht mehr gefragt. Ich habe einige tolle und erfolgreiche
Kollegen, die bei der Show teilgenommen haben und mit denen ich freundschaftlich verbun-
den bin. Von deren Erzählungen über die Dinge, die sich hinter den Kulissen abspielten, und
das Prozedere der Show insgesamt lassen ver-
muten, dass ich wahrscheinlich die richtige Ent-

scheidung getroffen habe. Mir ist mit Sicherheit eine aufregende und spaßige Zeit entgangen, doch ich bin überzeugt, die richtige Entscheidung getroffen zu haben.

Da ich mich gegen die Sendung entschieden habe, habe ich es natürlich schwerer geeignete Spielstätten zu finden, da ich nicht so medienpräsent bin wie mancher Kollege. So besteht mein Alltag also oft aus Akquisetelefonaten, Akquisebesuchen in Restaurants, die Eventdinner anbieten, und aus dem Eintüten und Verschicken von Infobroschüren, um an meine Engagements zu kommen.

Hin und wieder kommen dann per E-Mail Anfragen wie diese:
Wir sind ein kleines Restaurant und suchen einen Mentalmagier, der gelegentlich im Rahmen eines magischen Dinners unsere Gäste verzaubert. Wir können zwar keine Gage zahlen, aber wenn Sie bei unseren Gästen gut ankommen, können wir auch über ein größeres Event nachdenken. Sollten Sie also daran interessiert sein Ihre Kunst bei unseren Gästen bekannt zu machen, melden Sie sich doch einfach bei uns.

In der Regel antworte ich dann in etwa so:

Ich bin Mentalist und wohne in einem ziemlich großen Haus. Ich suche ein Restaurant, das gelegentlich bei uns zu Hause für mich und meine Freunde Catering macht, um bekannt zu werden. Bezahlen kann ich zwar nichts, aber wenn die Sache gut funktioniert und das Essen schmeckt, dann könnten wir das regelmäßig machen. Das wäre bestimmt eine gute Werbung für Ihr Restaurant. Bitte melden Sie sich.

Trance

Was wir sind ist die Summe von allem, was wir jemals sagten, taten und fühlten.

Der erste Hypnotiseur der Welt war wahrscheinlich Franz Anton Mesmer. Er war ein deutscher Arzt, Heiler und der Begründer der sogenannten *Lehre vom animalischen Magnetismus*, auch *Mesmerismus* genannt. Seine Bemühungen, eine naturwissenschaftliche Erklärung für die von ihm angewendeten Kräfte zu finden, machten ihn zu einem Wegbereiter der Parapsychologie, denn eine solche Erklärung wurde bis zum heutigen Tage nicht gefunden. Aus wahrscheinlich eben diesem Grund haftet der Hypnose, die in ihren Ursprüngen auf Mesmer zurückgeht, auch heute noch ein etwas schmuddeliges Image an. Die zahlreichen Hypnoseshows – bei denen willkürlich aus dem Publikum ausgesuchte Menschen, im vermeintlichen Glauben, sie hielten einen Pfirsich in den Händen, in Zitronen beißen oder sonstige vermeintlich lustige Handlungen begehen – trugen gerade in der 70er- und 80er-Jahren, als diese Shows in Varietés und im Fernsehen geradezu boomten, ihren Anteil bei. Interessant ist, dass

die Hypnose heutzutage ihren Weg zu Heilprak-
tikern, Arztpraxen und Krankenhäusern gefunden hat. Erstere könnte man, wenn man es böse
ausdrücken will, gerade noch als *Esoteriker*
bezeichnen, aber die offenbar vorhandenen Be-
handlungserfolge, welche mit Hypnose erzielt
werden, sollten uns veranlassen, einen genau-
eren Blick auf die Hypnose und die dahinterlie-
genden Wirkungsweisen zu werfen.

Franz Anton Mesmer eröffnete im Jahre 1778 in
Paris eine, heute würde man sagen: Praxis für
alternative Medizin. Damit zog er selbstverständlich den Unmut der Pariser Ärzteschaft auf
sich und dies nicht zu knapp. Mesmer war davon überzeugt, dass es so etwas wie ein *semi-
magnetisches Fluidum* gäbe, welches auf einer
ätherischen oder feinstofflichen Ebene durch
den Körper des Menschen fließt und das in
einer, wie auch immer gearteten Wechselwir-
kung mit den Planeten unseres Sonnensystems
steht. Mesmer vermischte hierbei Lehrsätze aus
der Astronomie mit der von ihm erfundenen
Magnetfeldtherapie. Mit dieser Behandlungsmethode versuchte er mit Hilfe von Magneten
allerlei Krankheiten auf den Leib zu rücken.

Die Medizinische Fakultät Wien stand den The-
sen Mesmers schon Jahre zuvor sehr kritisch

gegenüber. Als er später ein Hospital für seine Methode des Heilens in Wien gründete – und damit tatsächlich zumindest wirtschaftlich erfolgreich war – formierten sich seine erbittertsten Gegner. Sie benutzten seine bislang erfolglose Therapie an der bekannten Pianistin und Komponistin Maria Theresia Paradis (1759–1824), die seit dem dritten Lebensjahr blind war, um seine Heilmethode als Scharlatanerie zu entlarven. 1777 wurde von einer durch die Kaiserin einberufenen Expertenkommission festgestellt, dass Mesmers Heilmethode lediglich Betrug sei. Daraufhin verlegte er seinen Wohnsitz nach Paris, wo er weiterhin seine fragwürdigen Methoden zur Heilung diverser Krankheiten einsetzte.

Der ein oder andere sollte sich vielleicht manchmal an Mesmer erinnern, wenn Reiki-Meister, Schamanen oder Quantenheiler mit *Chi-Energie*, *Prana* oder sonstigen übersinnlichen Kräften unserem Geldbeutel auf den Leib rücken möchten.

Franz Anton Mesmer hat jedoch durchaus auch Erfolge erzielt: Das subjektive Empfinden vieler Patienten schien sich kurzfristig zu verbessern, zahlungskräftige Kunden ließen sich bei ihm regelmäßig sogar prophylaktisch behandeln. Mesmer war außerdem ein überaus talentierter Meister der Schauspielkunst. Es gibt Berichte, bei denen er Patienten im Kreis um eine Wanne, mit Wasser und eisernen Gegenständen gefüllt, sitzen ließ, *um das magnetische Fluidum zwischen Körper und Zwischenwelt besser fließen zu lassen.* Während er Musik spielen ließ, ging er mit einer purpurfarbenen Robe bekleidet zwischen seinen Patienten umher und wies diese an, sich durch größtmögliche Entspannung und Meditationstechniken in eine Art Trancezustand beziehungsweise Tiefenentspannung zu begeben. War dieser Zustand erreicht, berührte er mit einem magnetischen (Zauber-) Stab die erkrankten Areale seiner Patienten, um das magnetische Gleichgewicht wieder herzustellen. Die Besserung oder in Einzelfällen vollständige Genesung eines kleinen Teils von Mesmers Patienten ist aus heutiger Sicht unumstritten auf den sogenannten *Placebo-Effekt* zurückzuführen. Placebo-Effekte sind positive Veränderungen des subjektiven Befindens und von objektiv messbaren körperlichen Funktionen, die der symbolischen Bedeutung einer Behandlung zugeschrieben werden. Sie können aber natürlich bei jeder Art von Behandlung auftreten, also nicht nur bei Scheinbehandlungen! Der Placebo-Effekt ist heutzutage ein medizinisch anerkanntes Phänomen.

In den späten 80er-Jahren machte ich nach meiner Ausbildung zum Rettungsassistenten eine weitere Ausbildung zum Krankenpfleger im Hanauer St. Vinzenz Krankenhaus. Ich arbeitete dort unter anderem auf der Station für Innere Medizin. Im Arzneischrank (in Fachkreisen *Giftschrank* genannt) gab es neben starken Schlaf- und Schmerzmitteln auch sogenannte *Placebo-Tabletten* in allen möglichen Farben und Formen. Es handelte sich hierbei also um Pillen und Kapseln, die keinerlei Wirkung im menschlichen Körper erzielten und lediglich aus Traubenzucker oder ähnlich gut zu verdauendem Material bestanden.

Ich erinnere mich noch gut an einen Patienten, ich nenne ihn mal Herrn M, der vom gesamten Pflegepersonal gemieden wurde, so gut es ging. Nach Ansicht der Ärzte litt der Mann zwar an hohem Blutdruck, war aber ansonsten nicht wirklich ernsthaft krank, dafür aber im äußersten Maße hypochondrisch veranlagt. Er verlangte ständig hoch dosierte Schmerzmittel, die er anfangs zwar bekam, die aber nach seinem Dafürhalten nichts nutzten. Als Pflegeschüler

mit Azubi-Status hatte ich natürlich die Arsch-
karte gezogen und es war aufgrund meiner
untersten Position in der Hierarchie des Pflege-
personals selbstverständlich ich, der gefühlte
dreißig Mal am Tag nach dem Rechten sehen
musste. Herrn Ms Lieblingsbeschäftigung war
es nämlich, den Klingelknopf an seinem Bett
und damit das gesamte Personal auf der Station
übermäßig zu strapazieren.

Herr M war übrigens Stammgast auf der Station. Sobald er als geheilt entlassen wurde, tat
er offenbar alles und ließ nichts unversucht,
damit er wieder zurück in Krankenhaus durfte.

Eines Tages, oder besser gesagt eines Nachts,
denn ich war zusammen mit meinem Kollegen
Arnold für den Nachtdienst eingeteilt, wurde es
mir zu bunt. Auch wenn ich Nachtdienst hatte,
nutzte ich die viel zu langweilige Arbeitszeit
manchmal, um in einem nicht belegten Kran-
kenzimmer zwischendurch das ein oder andere
Nickerchen zu machen. Arnold und ich wech-
selten uns dabei immer ab. Dies war zwar überhaupt nicht erlaubt, aber wenn man in einem
katholischen Krankenhaus alles vermeiden will,
was nicht erlaubt ist, kann es sehr schnell extrem langweilig werden.

Herr M strapazierte in dieser Nacht den Ruf-knopf wieder einmal über das von mir erträgli-che Maß hinaus. Einmal, während mein Kollege Arnold bei Herrn M. nach dem Rechten sah, schloss ich mit seinem Schlüssel den Gift-schrank auf. Wir Krankenpflegeschüler durften natürlich nicht an diesen mit Opiaten, Auf-putschmitteln und anderen interessanten Sachen prall gefüllten Schrank, aber Arnold hatte zum Glück seinen Schlüsselbund im Schwestern-zimmer auf dem Tisch liegen gelassen. Ich schnappte mir also aus dem Schrank eine Blis-terpackung gefährlich grün aussehender, dicker Placebo-Tabletten ohne jegliche Wirkung, denn ich wusste, Herr M würde uns auch in dieser Nacht keinesfalls in Ruhe lassen.

Nachdem Arnold völlig entnervt zurückkam (und ich seinen Schlüsselbund wieder in die exakt identische Position auf den Tisch zurück-gelegt hatte, damit er keinen Verdacht schöpfte) war mir klar, dass es nicht lange dauern konnte, bis ich wieder an der Reihe war Herrn M zu verarzten. Nachdem ich mich also eine Weile mit Arnold über unser Lieblingsthema, den amerikanischen Autor H. P. Lovecraft unterhal-ten hatte, ertönte erneut der durchdringende Ton des Buzzers, der sich anhörte, als hätte man bei

Jeopardy eine falsche Antwort gegeben. Das Display unter dem Lautsprecher zeigte wie erwartet Zimmer M21 an. (Dies war übrigens einer meiner schlechteren Mentaleffekte: Ich konnte damals ohne hinzuschauen *erfühlen,* welche Zimmernummer denn nun gerade aufleuchtete, wenn der Buzzer losging. Immerhin hatte ich, wenn Herr M gerade Patient auf unserer Station war, mit diesem kleinen Kunststück eine nahezu neunzigprozentige Trefferquote.)

Mit der Blisterpackung Placebo in der Tasche marschierte ich nun etwas aufgeregt, aber selbstbewusst in Richtung Zimmer M21. Wenn ich heute darüber nachdenke, tat ich das mit demselben Gefühl, mit dem ich heutzutage an Theatern die Bühne betrete, denn in dieser Nacht sollte Herr M eine Mentalshow der Extraklasse erleben. Ich atmete noch einmal tief durch, bevor ich die Türklinke herunterdrückte und nach dem Schalter links tastete, um den Alarm auszuschalten.

Ich war nicht der einzige Darsteller auf dieser virtuellen Bühne. Herr M lieferte mir auch zum wiederholten Male die gleiche Show. Ich konnte mich in dieser Nacht ehrlich gesagt nicht entscheiden, wer gequälter schaute: Herr M, der mit seinem überdimensionierten Kopf und der abstehenden, weißen Haarpracht aussah wie der außerirdische Wissenschaftler aus dem Film *Metaluna 4 antwortet nicht*, oder der Holz-Jesus am Kreuz, der über seinem Bett hing und dreinblickte, als könne er das ständige Lamentieren des Patienten ebenfalls schon längst nicht mehr ertragen.

Unser Dialog fing an wie üblich, mit seinen Klagen und dem üblichen Nachhaken meinerseits: »Wo tut es denn weh?«

»Überall«

»Ist es noch nicht besser geworden?«

»Nein, schlechter …«

Irgendwie war er so etwas wie eine Kreuzung aus oben erwähntem Außerirdischen und Greta Garbo in der Sterbeszene aus *Die Kameliendame*.

Meine Strategie sah folgendermaßen aus: Ich verriet ihm ein riesengroßes Geheimnis und machte ihn auf diesem Wege zu meinem Verbündeten: »Herr M, ich muss ihnen jetzt etwas sagen.«

Dies kam offenbar so überraschend und unerwartet, dass er plötzlich völlig vergaß, die gequält klingenden und zu Beginn der Konversation noch dezent vorgetragenen Stöhn- und

Schmerzlaute von sich zu geben, die sonst bei jedem Ausatmen aus seinem schmerzverzerrten Mund traten.

»Hier auf der Station glaubt Ihnen wirklich niemand, dass Sie ernsthaft krank sind …«

Während sich seine Augen panikerfüllt weiteten und er, wie wir es von ihm gewohnt waren, schon ein Stakkato an Protestbekundungen vom Stapel lassen wollte, sprach ich schnell weiter:

» …aber ICH, ich weiß wie es Ihnen geht und dass Sie vermutlich der Patient in diesem Krankenhaus sind, der am allermeisten auf Hilfe angewiesen ist.«

Er schaute mich daraufhin mit großen Augen an und war wie vom Donner gerührt. Ich befürchtete beinahe, dass meine Performance nicht glaubwürdig genug rüberkam. Aber er fing an zu nicken und seine Augen wurden glasig und er tat mir fast leid. Fast.

»Herr M, ich setze jetzt meine Ausbildung und meinen ganzen beruflichen Werdegang für Sie aufs Spiel. Sie wissen, weder als Pfleger und noch weniger als Auszubildender darf ich Ihnen eigenmächtig Medikamente verabreichen. Das darf nur der Stations- oder Oberarzt.«

Er sah mich weiter völlig verwirrt an und ich dachte schon, dass er mich verpfeifen würde und das Ganze eine blöde Idee war. Ich hatte zu diesem Zeitpunkt ein ganz mieses Gefühl.

»Ich habe Ihnen hier eine Tablette mitgebracht, die nur Patienten auf der Intensivstation bekommen, wo Sie aber meiner Meinung nach auch hingehören, aufgrund Ihrer Erkrankung. Dies ist das stärkste und wirksamste Schmerzmittel, das in diesem Krankenhaus zur Verfügung steht ... und darüber hinaus ein kleines Vermögen kostet.«

In diesem Moment dachte ich schon, ich muss ganz schnell eine Erklärung konstruieren, wieso ausgerechnet ich an solch ein Hammermedikament herankam, aber das war nicht nötig, denn Herr M begann einen Sermon an Dankesbekundungen über mich auszuschütten. Hätte er nicht im Bett gelegen, hätte er sich vermutlich zu Boden geworfen und mir die Schuhe geküsst. Fast bereute ich, dass ich ihn nicht gebeten hatte, kurz aufzustehen ...

Ich redete mit Engelszungen auf ihn ein, dass niemand davon erfahren dürfe und er versprach mir hoch und heilig, es niemandem weiterzusagen. Dabei bekreuzigte er sich mehrmals. Nachdem er die Tablette mit der Mineralwasserflasche runtergespült hatte, setzte ich noch einen drauf.

»Jetzt noch eine Warnung ...« Der Blick, den ich nun bekam, war Gold wert. »Wie Sie sicher wissen, hat jedes starke Medikament Nebenwirkungen. Sie werden in etwa zehn Minuten in einen sehr, sehr tiefen Schlaf fallen und mindesten acht Stunden tief und fest schlafen, aber dafür werden danach alle ihre Schmerzen wie weggeblasen sein. Deswegen schlafen nämlich die Patienten auf der Intensivstation auch immer so viel.«

Das tun sie natürlich nicht, aber dies fiel mir in dieser Situation gerade ein. Damit ließ ich Herrn M allein und kehrte zurück ins Stationszimmer. Muss ich erwähnen, dass wir in dieser Nacht (und in den darauffolgenden, in denen ich Dienst hatte), nichts mehr von Herrn M. zu hören oder zu sehen bekamen?

Sie fragen sich sicher schon seit geraumer Zeit: *Was ist denn jetzt mit Hypnose?* Geduld, liebe Leser, Geduld ... bleiben Sie dran.

Falls Sie irgendwann in einer ähnlichen Situation mit Angehörigen oder Freunden sind, probieren Sie den Placebo-Effekt ruhig mal aus. Natürlich nur, wenn keine echte, ernst zu nehmende Erkrankung vorliegt. Anstatt wirkstoffloser Placebo-Präparate funktionieren natürlich auch Globuli, Schüssler-Salze, Bachblüten-Essenzen und

jedes andere frei verkäufliche Medikament mit der Beschriftung *Homöopathisch.*
Aber was ist eigentlich Homöopathie?

Die Homöopathie ist eine höchst umstrittene alternativmedizinische Behandlungsmethode, welche vor etwa 200 Jahren von dem Arzt Samuel Hahnemann (1755-1843) entwickelt wurde. Sie widerspricht in weiten Teilen Erkenntnissen, die die Wissenschaft seither über Entstehung und Verlauf von Krankheiten erforscht hat. Die Schulmedizin betrachtet die Homöopathie zum allergrößten Teil als Irrlehre.
Sie wirkt nach Ansicht von Schulmedizinern als reine Täuschung, die durch den unerschütterlichen Glauben des Behandlers (Heilpraktiker, Arzt, Apotheker etc.) noch verstärkt wird. Befürworter und Gegner der Homöopathie liefern sich seit Jahrzehnten zu diesem Thema Grabenkämpfe. Während die Befürworter der Homöopathie von den Gegnern als Scharlatane verunglimpft werden, argumentieren die Homöopathie-Gläubigen mit mehr oder weniger gut dokumentierten Heilerfolgen bei Patienten, bei denen die Schulmedizin angeblich versagt habe. Das Motto der Homöopathen ist: *Wer heilt, hat recht.*

Inzwischen verschreibt ein beträchtlicher Groß-
teil der niedergelassenen Ärzte in Deutschland
zumindest gelegentlich homöopathische Mittel.
Das Geschäft in Apotheken mit *Globuli*,
Schüssler-Salzen, *Bachblüten* und ähnlichen
Mitteln boomt.

Aber was ist eigentlich mit den Patienten? Offenbar ist der Markt für die alternativen Mittel
riesengroß. Gehe ich in Apotheken, sehe ich
immer neue homöopathische Mittel in diversen
Darreichungsformen, das neuste Kuriosum,
das ich entdeckt habe, sind Kaugummis mit
vermeintlichen Wirkstoffen aus Bachblüten. Für
einen Selbstversuch habe ich die sogar gekauft.
Sie schmeckten übrigens besser als meine normale Hausmarke, ich habe aber ansonsten keine
Wirkung gespürt, obwohl sie angeblich zu mehr
Gelassenheit und Konzentration führen sollen.

Heilpraktiker, die keine fundierte medizinische
Ausbildung haben, werden oft von radikalen
Gegnern der Homöopathie als *Kurpfuscher* und
Quacksalber abgestempelt. Die Befürworter
sprechen hingegen von sanfter Medizin, Natur-
medizin oder Alternativmedizin – also Begriffe,
die dem Patienten suggerieren sollen, dass es
hier um Methoden mit besonderen, natürlichen
Merkmalen geht, welche in der *mit Scheuklap-*

pen versehen Schulmedizin, wie sie abwertend bezeichnet wird, keine Daseinsberechtigung hätten. Erstaunlich ist jedoch, dass die Homöopathie-Befürworter sorgfältige wissenschaftliche Untersuchungen überwiegend ablehnen. Dies tun sie meistens mit der Begründung, diese Untersuchungen seien unangemessen.

Dies klingt oft so, als stünde *unangemessen* als Synonym für *blasphemisch*. Da drängt sich so manchem Leser sicherlich die Frage auf, ob eine Heilmethode, sei sie nun alternativ oder nicht, für sich beanspruchen kann, dass Kritik an ihr blasphemisch sei?

Nun, schauen wir uns doch einmal an, wie homöopathische Präparate hergestellt werden: durch extrem starkes Verdünnen. Dies nennt man in Fachkreisen auch *Potenzieren*. Samuel Hahnemann war davon überzeugt, in der Homöopathie könnten sich die Urgesetze der wie auch immer gearteten kosmischen Kräfte oder die Energie des Lebens wirksam manifestieren. Ihm ging es darum diejenigen Kräfte zu harmonisieren, welche beim Patienten nach seiner Ansicht in ein Missverhältnis gekommen seien. Hahnemann sagte wörtlich: *Die übertragenen Energien sollen den jeweils vorliegenden Krankheitsprozess günstig beeinflussen, indem sie Schwingungen, Rhythmen und Resonanzen im Körper des Patienten modulieren.* Sollte die herbeigeführte Schwingung der Störung ähneln und sich in der gleichen Frequenz bewegen, könnte das verabreichte Mittel die negative Schwingung des Körpers neutralisieren.

In der Praxis heißt das: Durch sogenanntes *Dynamisieren,* also das manuelle Schütteln der angesetzten Lösung zum Erdmittelpunkt hin, sollen angeblich wie auch immer geartete Erd- oder kosmische Kräfte aktiviert werden, die dann Teile der Materie der angesetzten Lösung in Energie verwandeln. Wie diese nicht messbare Energie in Flaschen oder kleinen Zuckerkugeln konserviert und aufbewahrt werden kann, weiß jedoch keiner. Zumindest widerspricht dies allen physikalischen Erkenntnissen.

Grundsätzlich geht es also beim Schütteln beziehungsweise beim Dynamisieren und Potenzieren darum, universale Energien/Kräfte herzustellen. Die einzelnen Konzentrationen der Stoffe werden als C- oder D-Potenzen benannt. Das D steht für *Dezimal,* also *Zehner-Potenzen,* das C wiederum bedeutet *Centezimal, Hunderter-Potenzen.* Es gibt auch Q-Potenzen, was eine Verdünnung des Präparats im Verhältnis 1:50.000 bedeutet.

Die am meisten verkauften Verdünnungen bei homöopathischen Mitteln sind D1 bis D200. Es gibt jedoch auch die Potenzen D2.000 oder C200. Bei dieser Verdünnung sprechen wir von sprichwörtlich astronomisch hohen Verdünnungen, in etwa so, als würden wir ein Glas Cola in den Bodensee schütten.

D1 bedeutet: 1 Teil Wirkstoff wird mit 9 Teilen Lösungsmittel, meistens Alkohol verdünnt. Die Tinktur, die dabei angesetzt wird, wird dann wiederum erneut mit 9 Teilen Alkohol verdünnt. So erhält man D2. Diese Tinktur wird dann *wieder* mit 9 Teilen Alkohol verdünnt, ergibt dann D3 usw. Also ist D6 eine Lösung mit einem Verdünnungs-Verhältnis von 1:1.000.000. C6 bedeutet 1:1.000.000.000.000 (!).

Umso erstaunlicher ist es, dass D12 bis etwa D23 als *mittlere Potenzen* bezeichnet werden. Ab D23 ist allerdings noch nicht mal mehr ein einziges Molekül der ursprünglichen Substanz im fertig angerührten oder besser angeschüttelten (nein, hier kommt jetzt kein James-Bond-Gag) Präparat enthalten!

D30 bedeutet, dass man einen einzigen Tropfen Wirkstoff in die tausendfache Menge Wasser aller Weltmeere gibt, also tausendmal die Erde in ein verdammt großes Glas kippen und dann den einen Tropfen Wirkstoff dazu! Das muss man sich mal bildlich vorstellen!

Diese völlig abstruse Megaverdünnung hat natürlich einen gewaltigen Vorteil für den Arzt, Apotheker oder Heilpraktiker, der das Medikament verordnet: Es werden keine (echten) Nebenwirkungen auftreten. Auch keine Heilwirkung, wenn wir den Placebo-Effekt mal außen vor lassen. Bei dieser Potenz könnten wir das stärkste Gift der Erde verdünnen und hätten den Effekt, dass dieses Gift wahrscheinlich schon von Natur aus in einer höheren Konzentration im Wasser vorhanden ist; immer noch nicht messbar und von daher auch absolut wirkungslos. Die meisten Homöopathen bevorzugen logischerweise die hohen Verdünnungen ab D30, um zu gewährleisten, dass absolut kein materieller Stoff mehr in der Substanz enthalten ist, sondern nur noch die viel beschworene *geistartige Wirkung*.

Vertraut man der Homöopathie vertraut man tatsächlich wörtlich auf nichts. Unsere Nahrung, die Luft, die wir einatmen, alles was wir, in welcher Form auch immer, zu uns nehmen, ist mit weitaus höheren Dosen von allen möglichen Wirkstoffen behaftet, als in diesen hoch potenzierten, homöopathischen Mitteln. Im Grunde unterliegen wir ständig unbewusst einer viel höheren homöopathischen und sogar kontinuierlichen *Therapie*, als wir es mit den Globuli und sonstigen Darreichungsformen jemals könnten. Wie könnte also eine weitaus höhere Verdünnung überhaupt irgendeine Wirkung oder Reaktion in unserem Körper hervorrufen?

In einem Lehrbuch für Medizinstudenten heißt es: *Durch die Art der Herstellung erhält die Homöopathie Amulettfunktion, es handelt sich um Rituale religiöser Art.* Die Bundesärztekammer wiederum stellt fest: *Homöopathika haben keinerlei Wirkung, bis auf den Placebo-Effekt. Dieser tritt auch bei Homöopathika auf. Die Rolle des Arztes / des Heilpraktikers, seine Persönlichkeit, seine Wärme und Fürsorge spielen hier natürlich auch eine Rolle.*

Ein typischer Einwand der Homöopathie-Befürworter ist, dass Homöopathie schließlich auch bei Tieren helfen würde, aus diesem Grund würde das Placebo-Argument hier nicht greifen. Dies ist jedoch grundlegend falsch. Der Placebo-Effekt lässt sich nachweislich auf Tiere übertragen. Wenn der Besitzer eines Kaninchens oder eines Hundes so sehr an die Wirkung eines Präparates glaubt, spürt dies auch das Tier instinktiv, wenn es das Mittel verabreicht bekommt. Dies wird noch verstärkt, wenn der Halter des Tieres eine liebevolle Verbindung zu seinem Tier aufgebaut hat – und dies trifft wahrscheinlich auf die allermeisten Menschen zu, die mit einem Haustier leben.

Böse Zungen behaupten also, Homöopathie sei ein teurer Schwindel und reine Geldmacherei. Auch wenn es bisher auf Sie, liebe Leser nicht den Anschein gemacht hat: Ich finde trotz allen Wissens und allen Argumenten gegen diese Präparate, dass diese etwas Wunderbares sind!
Samuel Hahnemann war selbst erklärter Spiritist und Freimaurer. Er glaubte an die Kraft der Astrologie. Sein esoterisch-magisches Weltbild sagt aus, dass alles Seiende von einem Geist, von einer universellen Lebensenergie belebt sei. Er war überzeugt von der Beseeltheit alles Existierenden, nicht nur von Tieren, Insekten und Menschen, nein auch von Pflanzen und Bäumen.
Diese Vorstellung hat für mich etwas Wunderbares und Magisches. Da ich von vielen als *Magier* wahrgenommen werde, unterliege ich natürlich ebenfalls der Faszination des gesamten Themas. Nur bin ich nun mal die meiste

Zeit derjenige, der auf der Bühne oder in der Freizeit beim gemeinsamen Bier die Magie erschafft. Ich bin also bei aller Bescheidenheit ein Wunderwirker. Diese Wunder wirklich erfahren zu können, ist ein Privileg meines Publikums. Ich bin nur der Techniker oder Handwerker, der weiß, wie man das Wunder vollbringt und für andere erfahrbar macht. Nichts anderes ist auf die Homöopathie bezogen ein Heilpraktiker, Arzt oder Apotheker. Auch sonstige esoterische Behandler wie Edelsteintherapeuten, Reiki-Meister oder Schamanen und sonstige Heiler sind im Grunde Magier oder böse gesagt *Illusionskünstler*.

Und glauben Sie mir: Der Placebo-Effekt – oder um bei der bisherigen Terminologie zu bleiben: *das Wunder* – beginnt schon beim Betreten einer Praxis. Denn eine Arzt- oder Heilpraktiker-Praxis ist genauso ein *magischer Raum* wie eine Bühne. Der Arztkittel ist das Kostüm – auch oder vor allem wenn er in der Regel weiß ist und nicht purpur, wie die Robe von Mesmer – die medizinischen und wissenschaftlichen Bücher im Regal, die zur Schau gestellten Fläschchen und Kolben … all das ist im Grunde nichts anderes als Bühnendeko und Requisit zugleich. Das regelmäßige Einnehmen dieser

Präparate ist im Grunde genommen ein stetig wiederkehrendes magisches Ritual. Dies gilt sowohl für homöopathische Mittel als auch für *richtige* Medikamente. Nur kommt hier jedoch noch die wissenschaftlich nachgewiesene Wirksamkeit hinzu. Aber wie sagt man so schön: Doppelt hält besser. Am besten kombiniert man also den Placebo-Effekt mit tatsächlich wirksamer Medizin.

Meine Zuschauer kommen in meine Show, um magisch berührt, meinetwegen auch verzaubert zu werden. Der Homöopath benutzt wissend oder nicht den Placebo-Effekt, um seinen Patienten Linderung zu verschaffen. Beides ist eine magische Darbietung.

Genauso wie es schwierig ist, mich persönlich in einem Programm eines Showkollegen (zumindest emotional) abzuholen und Magie spüren zu lassen, genauso schwierig, oder eigentlich unmöglich ist es, dass Homöopathie bei mir persönlich einen gewünschten Placebo-Effekt auslösen könnte, der sich in irgendeiner Weise lindernd oder heilend auf meinen Gesundheitszustand auswirkt. Ich bin für mich selber notgedrungen ein Verfechter der Schulmedizin. Dennoch habe ich selber für mich mentale Techniken entwickelt, die sich bei Erkältungen und sonstigen Wehwehchen positiv auf meinen Gesundheitszustand auswirken. Vielleicht ist das ja meine ganz persönliche Placebo-Therapie.

Habe ich Sie jetzt desillusioniert? Habe ich Sie nun in missionarischem Eifer um die Wirksamkeit Ihrer Globuli, Schüssler-Salze und Bachblüten gebracht? Nun, das soll so nicht sein. Ich kann es ja immerhin nicht endgültig beweisen, dass diese Präparate nicht doch echte magische Eigenschaften in sich tragen. Meine eigene Wahrheit kann sich grundlegend von Ihrer Wahrheit, liebe Leser, unterscheiden. Wie heißt es so schön von den Homöopathen: *Wer heilt hat recht.* Das bedeutet, ich würde jedem mit einer ernsten Krankheit raten in Erwägung zu ziehen, sowohl schulmedizinische als auch alternative Behandlungsmethoden zu kombinieren. Zwei Wahrheiten sind stärker als eine.

Kommen wir nun endlich zum eigentlichen Thema dieses Kapitels. Ich bin der Meinung, dass Hypnose beziehungsweise die Wirkung von Suggestionstechniken, die bei jeder Form von Hypnose eingesetzt werden, nichts weiter sind als der Placebo-Effekt in Reinkultur – oder wenn man das Ganze einmal herumdreht: Der Placebo-Effekt ist eine Art der Autosuggestion und damit so etwas wie eine Wachhypnose. Vielleicht stehe ich mit dieser These allein auf weiter Flur, aber dies ist die für mich einzig schlüssige Erklärung, wieso Hypnose funktioniert.

Der Begriff *Placebo-Effekt* wird übrigens oftmals in falschem Kontext benutzt. Anstatt mit dem Wort *Placebo-Effekt* etwas als wirkungslos oder pure Einbildung abzutun, sollte man sich lieber einmal klar machen, was der Placebo-Effekt denn eigentlich ist: eine durch die Anweisung des Unterbewusstseins ausgelöste körperliche Reaktion. Wie bereits erwähnt ist der Placebo-Effekt klinisch nachgewiesen und inzwischen sogar zu einer Art von Messlatte für die Wirkung von Medikamenten geworden.

Hypnose ist ein Weg, relativ direkt auf das Unterbewusstsein einzuwirken. Wenn der Hypnotiseur sein Ziel erreicht hat, wird meiner Überzeugung nach der gleiche Effekt ausgelöst, wie bei manchen Menschen durch den Einsatz eines Placebos. Jedoch ist bei Hypnose die Chance auf Erreichen dieses Effektes deutlich höher, da durch die verwendeten Suggestionstechniken der wirkungsverhindernde kritische Faktor gesenkt oder sogar umgangen werden kann. Denn schließlich hat bei der Hypnose der

Hypnotiseur einen nicht wegzudiskutierenden Einfluss auf den Probanden oder Patienten.

Inzwischen gibt es bei überraschend vielen Zahnärzten, aber auch bei ambulanten Operationen, die Möglichkeit anstatt einer herkömmlichen örtlichen Betäubung auf Hypnose zurückzugreifen. Was passiert hier also? Hypnose geht in den meisten Fällen mit Tiefenentspannung einher. Das heißt, die Angst- und Panikreaktionen des Körpers werden von vornherein stark gedämpft, wenn nicht sogar völlig abgeschaltet. Da sich der Patient in diesem Zustand auch nicht verkrampft oder aktiv den Drang verspürt, sich gegen eine Verletzung durch das Skalpell des Arztes zu wehren, wird der Schmerz offenbar viel abgeschwächter und gedämpfter wahrgenommen. Im Grunde wird durch Hypnose die natürliche Programmierung auf aktiven Erhalt körperlicher Unversehrtheit außer Gefecht gesetzt. Die Reaktion des Körpers auf die Verletzung fällt dadurch weniger drastisch aus, weil das kritische Denken (*ich werde jetzt verletzt!*) umgangen wird.

Dazu passt auch die gängige US-amerikanische Definition der Hypnose: *Hypnosis is the bypass of the critical faculty of the conscious mind and the establishment of acceptable selective think-*

ing. (Hypnose ist die Umgehung des kritischen Teils des Bewusstseins und Einrichtung eines akzeptablen selektiven Denkens.)

Ich werde mit der These, dass Hypnose etwas mit Placebo-Wirkung zu tun hat, in Fachkreisen sicher auf einigen Widerstand stoßen, dennoch ist dies für mich die schlüssigste Erklärung, die sich mir bisher zum Thema *Hypnose* eröffnet hat. Dazu passt auch der Fakt, dass es bisher keiner geschafft hat mich zu hypnotisieren, obwohl ich dies so gerne einmal erleben möchte. Aber bisher hat sich an mir jeder noch so namhafte Hypnotiseur die Zähne ausgebissen, obwohl ich immer kooperiere und mich auf das ganze Prozedere mit Haut und Haar einlasse. Wer es dennoch versuchen will, kann sich jederzeit bei mir melden.

Ghostbusters

Ray, wenn dich irgendjemand fragt, ob du ein Gott bist, dann sagst du: Ja!

Meine liebsten Bücher und Filme sind diejenigen, die sich in irgendeiner Weise mit dem Übernatürlichen befassen. Falls in einem Film keine Magier, Geister, Hexen, Dämonen, Monster oder Außerirdische vorkommen, lohnt es sich für mich in den allermeisten Fällen erst gar nicht, eine Kinokarte zu kaufen. Ich muss gestehen, ich war schon oft in Woody-Allen-Filmen oder dergleichen, habe aber nicht einen bei komplettem Bewusstsein erlebt, weil mir irgendwann entweder die Augen zugefallen sind oder ich im Gedanken woanders war – sehr wahrscheinlich bei einem großartigen Film, in dem ein schuppiges Monster eine Stadt zerstampft. Das klingt wahrscheinlich ignorant, denn Woody Allen ist mit Sicherheit ein großartiger Regisseur, Schauspieler und Autor. Dennoch kann ich gut damit leben, wenn mir vorgeworfen wird, dass mir zu dieser Art von Filmen einfach der intellektuelle Zugang fehlt.
Beim Fantasy-Filmfest, welches in deutschen Großstadtkinos einmal im Jahr stattfindet und

bei dem merkwürdigerweise mehr Horror-anstatt Fantasy-Filme gezeigt werden, bin ich in der Regel Dauergast. Zugegeben, im Nachhinein denke ich auch oft, dass ich mir das Geld für den einen oder anderen Film hätte sparen können, aber es gibt bei diesen Festivals manchmal wahre Perlen von Filmen zu sehen, die ansonsten nicht regulär im Kino anlaufen. Ich habe absolut kein Interesse an sogenannten *Splatter-Filmen*, bei denen amerikanische Teenager, die sich im Wald verfahren haben, nacheinander auf fantasievolle Weise durch mutierte Dorfbewohner abgeschlachtet werden. Solche Filme finde ich so spannend wie jene von Woody Allen (mit Ausnahme von *Magic in the Moonlight*, aber das nur nebenbei). Sobald es jedoch um irgendwelche Gespenster oder Dämonen geht, die auf unerschrockene Geisterjäger oder überforderte Familien treffen, die gerade erst in ein besessenes Haus eingezogen sind, dann bin ich zumindest unterhaltungstechnisch in meinem Element.

Spiritismus und Geistererscheinungen waren für mich schon immer faszinierende Themen. Aus diesem Grund geht es auch in meinen Shows, zumindest zum Teil, genau darum.

Spiritismus war eine faszinierende Mode-
erscheinung des 19. Jahrhunderts, zumindest im
angelsächsischen Raum. Im Spiritismus ging
und geht es heute noch um Geisterbeschwörun-
gen. In vielen Religionen, zum Beispiel in Mit-
tel- und Südamerika, waren solche Beschwö-
rungen weitverbreitete Praxis.

Entstanden ist der *moderne* Spiritismus durch
die beiden Schwestern Margaret und Kate Fox.
Im Jahre 1848 behaupteten diese nämlich, in
einem neu bezogenen Haus in Hydesville, im
US-Bundesstaat New York, unheimliche Klopf-
geräusche gehört zu haben. Sie behaupteten in
Erfahrung gebracht zu haben, dass diese dem
Geist eines Toten zuzuschreiben seien, welcher
einige Jahre zuvor ermordet wurde und im Keller des Hauses begraben liege.

Kommt Ihnen diese Geschichte bekannt vor?
Im Grunde erzählt nahezu jeder Horrorfilm, bei
dem es um das Thema *Geister* geht, diese Geschichte. Mal ist es ein einzelner Toter im Keller, mal ist es ein ganzer Indianerfriedhof, auf
dem das Spukhaus errichtet wurde, wie im Ste-
ven Spielberg Film *Poltergeist*.

Die Familie Fox entwickelte eine morseähnli-
che Kommunikation mithilfe von Klopfzeichen,
bei der jedem Buchstaben des Alphabets eine

bestimmte Anzahl Klopfzeichen zugeordnet wurde. Die Nachricht, dass die Fox-Schwestern vermeintlich Kontakt ins Jenseits aufgenommen hatten, verbreitete sich in Windeseile. Die Familie Fox war offenbar recht geschäftstüchtig. Es wurde eine erste öffentliche Demonstration dieser Phänomene geplant, zu der sage und schreibe etwa vierhundert zahlende Zuschauer kamen.

Es dauerte nicht lange, da witterten auch andere *Medien,* dass diese, nun ja, nennen wir sie *Shows,* finanziell sehr einträglich waren. Besonders im Nordosten der USA erfreuten sich diese Events großer Beliebtheit. Die Spiritismusbewegung erlebte einen regelrechten Boom gegen 1855. Angeblich waren mehrere Millionen Amerikaner von der Echtheit dieser Phänomene überzeugt. Viele *Medien* entwickelten weitere Kommunikationsformen, um mit den Geistern von Verstorbenen in Kontakt zu treten. Alle möglichen esoterischen Praktiken, wie beispielsweise das *automatische Schreiben*, bei dem ein Medium in Trance Nachrichten aus dem Jenseits diktiert bekam, oder das sogenannte *Channeling*, bei dem ein Geist aus dem Körper eines Mediums spricht, wurden geboren. Zur selben Zeit entstanden auch zahlreiche Ro-

mane, die von Geistern oder anderen übernatürlichen Wesen handelten. Diese waren fortan aus
der fantastischen Literatur nicht mehr wegzu-
denken. Interessanterweise kam zur gleichen
Zeit der *Mesmerismus* in Mode, mit dessen Hilfe man versuchte, auf andere Art und Weise mit
Wesen aus übersinnlichen Welten zu kommunizieren. Näheres hierzu finden Sie in diesem
Buch im Kapitel zum Thema *Hypnose*.

Einer der prominentesten und überzeugtesten
Anhänger des Spiritismus war der Schriftsteller
Arthur Conan Doyle (1859 – 1930). Doyle war
übrigens der geistige Vater von Sherlock Hol-
mes. Seine Romanfiguren erfreuen sich auch
heute noch in Form von Büchern, Fernsehserien
und Filmen großer Beliebtheit. Interessant war
Doyles Freundschaft zu dem bekannten großen
Magier und Entfesselungskünstler Harry Houdini. Während einer öffentlichen Kontroverse
mit Houdini sorgte Doyle für Schlagzeilen. Leider zerbrach die Freundschaft zwischen Doyle
und Houdini an zu konträren Vorstellungen
über den Spiritismus. – Doyle war überzeugt,
dass einige Medien wirklich echte Kontakte ins
Jenseits herstellen konnten und er glaubte sogar,
Houdini selbst habe übernatürliche, magische

Fähigkeiten. Houdini bekundete jedoch mehrmals öffentlich, dass er noch keiner einzigen Séance (Geisterbeschwörung) beigewohnt hätte, deren Effekte er nicht mit Zaubertricks hätte nachmachen können. Houdini hatte sich daraufhin den Kampf gegen betrügerische Spiritisten auf die Fahne geschrieben und unterstützte sogar den US-Kongress bei der Untersuchung von Geisterphänomenen. Houdini wurde außerdem Mitglied des Komitees der Wissenschaftszeitschrift *Scientific American*, die einen Geldpreis für diejenigen ausgeschrieben hatte, die vor einer Jury übernatürliche Fähigkeiten beweisen konnten – ein Preis, der übrigens dank Houdini nie vergeben werden konnte.

Houdini begab sich undercover in spiritistische Gesellschaften, ließ vermeintlich betrügerische Spiritisten durch Privatdetektive ausspähen, beteiligte sich verkleidet an Séancen und hielt hierüber zahlreiche öffentliche Vorträge. In seinen Shows betrieb er Aufklärung über die Tricks der Spiritisten, wodurch er sich in der boomenden Spiritisten-Zunft viele Feinde machte. Leider enthüllte Houdini in seinem Buch *Miracle Mongers* gängige Tricks von Fakiren, Spiritisten, Magiern, Schwert- und Feuerschluckern und sonstigen Künstlern. Er war so etwas wie heutzutage der maskierte Magier auf *Super RTL*. Houdini agierte außerdem beratend als Fachmann, wenn Zeitungen über betrügerische Methoden von Hochstaplern berichteten.

Die *Society of American Magicians*, das Pendant zum deutschen *Magischen Zirkel*, kündigte unter der Präsidentschaft Houdinis an, jeden von einem Spiritisten demonstrierten Effekt analog und überzeugend ebenfalls nachmachen zu können. Während seiner Tätigkeit als Entlarver von Scharlatanen überführte Harry Houdini einige bekannte spiritistische Geisterbeschwörer des Betrugs. Ob dies moralisch betrachtet der richtige Weg war und ob er damit wirklich anderen Menschen geholfen hat, ist ein zweischneidiges Schwert. Man darf nicht vergessen, dass Menschen, die versuchen mithilfe von Medien und Geisterbeschwörern Kontakt zu ihren geliebten Verstorbenen herzustellen, auf diese unkonventionelle Art und Weise ihre Trauer verarbeiten und ihren Verlust somit besser verkraften. Einerseits sind diese Menschen leider Gottes ein gefundenes Fressen für Scharlatane – die Schicksalsschläge dieser Menschen gnadenlos ausnutzen, um sie finanziell abzuzocken, ist zutiefst verwerflich –, andererseits ist es vielleicht besser die Hinterbliebenen, die so

Trost finden, in ihrer individuellen Trauerarbeit zu unterstützen; zumindest, wenn diese dabei nicht um ein Vermögen gebracht werden.

Auch in der Mentalisten-Szene gibt es immer wieder kontroverse Diskussionen, wie man sich auf der Bühne positionieren soll. Ist man als Mentalist ein übersinnlich Begabter oder ein Illusionskünstler ...? Ein klassischer Zauberkünstler hat dieses Dilemma nicht. Ich persönlich bin der Meinung, dass wir Mentalisten uns irgendwo an der Grenze zwischen (Para-) Psychologie und Illusionskunst bewegen. Dazu jedoch später mehr.

Seinen Kampf gegen den Spiritismus setzte Houdini gewissermaßen auch noch nach seinem Tod fort: Er hatte mit verschiedenen Menschen, die ihm nahestanden, zum Beispiel mit seiner Frau Bess, einen geheimen Code vereinbart. Zehn Jahre in Folge lud Bess nach Houdinis Tod zu Halloween (nach altem Glauben ist die Grenze zum Totenreich an diesem Tag am durchlässigsten) verschiedene Spiritisten zu einer Séance ein. Einem *echten* Medium, so die Idee, würde Houdinis Geist diesen geheimen Code übermitteln und Bess könnte so herausfinden, dass sie wirklich mit ihrem verstorbenen Ehemann kommuniziert hatte. Dem Geisterbeschwörer Arthur Ford gelang diese Sensation tatsächlich – bis herauskam, dass er mit der bankrotten und psychisch angeschlagenen Witwe Houdinis eine Liebesaffäre hatte.

Jedes Jahr an Houdinis Todestag treffen sich Mentalisten, um eine Botschaft zu empfangen, die Houdini ursprünglich für Arthur Conan Doyle vorgesehen hatte – bislang leider vergeblich.

Allen Aufklärungsversuchen von Houdini und seinen Mitstreitern zum Trotz, verbreitete sich die neue Spiritismuswelle, welche von den Fox-Schwestern ausgelöst worden war, wie ein Lauffeuer in Europa. Der Franzose Allan Kardec (1804–1869) gründete sogar eine neue Religion: Im englischen Sprachraum gibt es heute noch die *Church of Spiritualism*, einer Religionsgemeinschaft mit einigen Tausend Mitgliedern. Als Religion definiert sich der Spiritismus zwar durch eine ausgeprägte Ablehnung des traditionellen Christentums, dennoch sagt diese aus, dass der menschliche Geist beziehungsweise die menschliche Seele nach dem körperlichen Tod weiter existiere. Dieser Reinkarnationsglaube ist in nahezu allen Weltreligionen wiederzufinden. Durch die besonderen geistigen Fähigkeiten von Medien sei es dem Spiritismus nach möglich, mit den Seelen von Verstorbenen in Kontakt zu treten. Die Verstorbenen unterscheiden sich demzufolge nur wenig von ihrer früheren irdischen Existenz und behalten ihre Persönlichkeitsmerkmale. Sogar die andere Dimension, in der sie weiterexistieren, ähnelt dem Diesseits, soll aber in vielerlei Hinsicht deutlich positiver sein. Die *Church of Spiritualism* vertritt die Überzeugung, dass die Existenz der Geister beziehungsweise Seelen wissenschaftlich bewiesen werden könne. Sehr widersprüchlich ist, wie bereits erwähnt, das Verhältnis zur christlichen Lehre. Oftmals bezeichnen sich Spiritisten als Christen, lehnen aber die Kirche und ihre Dogmen grundsätzlich ab.

Weltweit werden die Anhänger des Spiritismus auf weit über einhundert Millionen geschätzt. Besonders in Südamerika, vor allem Brasilien ist der Spiritismus auch heute noch sehr populär. In Süd- und Mittelamerika haben Mentalisten auch heutzutage noch einen schweren Stand. Oft werden wir als Hexer und Schwarzmagier bezeichnet und der dort weitverbreitete Aberglaube nimmt zum Teil extreme Züge an. Mein amerikanischer Kollege Wayne Houchin bekam

2013 ein Engagement bei einem TV-Sender in der Dominikanischen Republik. Dort zeigte er vor einem Live-Publikum mehrere mentale Kunststücke. Gegen Ende seiner Darbietung schüttete der Moderator der Sendung ihm ein stark alkoholhaltiges Eau de Cologne ins Gesicht und zündete ihn an. Der Moderator entschuldigte seine Tat damit, dass Mentalisten auf dem Scheiterhaufen verbrannt werden müssten, weil sie mit Teufeln und Dämonen in Verbindung stünden. Auch wenn es sehr unwahrscheinlich ist, dass ich jemals ein Engagement in Süd- oder Mittelamerika angeboten bekomme: ich werde in der Tat den Teufel tun irgendwo in dieser Region aufzutreten. Wayne ist sofort in eine Spezialklinik für Verbrennungen eingeliefert worden und es geht ihm heute bis auf ein paar Narben weitestgehend gut.

Als die Spiritismuswelle Anfang des 19. Jahrhunderts nach Deutschland schwappte, konnte diese hier kaum Fuß fassen. Im Gegensatz zu den USA und Großbritannien sprach sie nicht die Massen an, sondern eher intellektuelle und wissenschaftliche Kreise. Der Spiritismus konnte sich in Deutschland nicht etablieren.

Zu erwähnen wäre in diesem Zusammenhang vielleicht noch der Leipziger Physiker Karl

Friedrich Zöllner: 1877 hielt er zusammen mit dem amerikanischen Medium Henry Slade einige Séancen ab, an denen auch weitere Wissenschaftler teilnahmen. Henry Slade konnte scheinbar telekinetisch, also nur durch die Kraft der Gedanken, Gegenstände in Bewegung versetzen und ließ mit Kreide geschriebene Mitteilungen auf Schiefertafeln erscheinen. Wer von Ihnen bereits eine Show von mir gesehen hat weiß, dass diese Phänomene heute quasi zum Standardrepertoire eines jeden Mentalisten gehören. 1877 war dies jedoch eine Sensation. Für Zöllner war dies der unumstößliche Beweis, dass es so etwas wie eine jenseitige Welt gäbe und der Mensch in der Lage sei, mit den Wesen beziehungsweise Geistern dieser Welt in Kontakt zu treten.

Zöllner wurde in der Presse und im Kollegenkreis nahezu verrissen. Von allen Seiten hagelte es Kritik. Man warf ihm vor, seinen Ruf als Wissenschaftler aufs Übelste zu missbrauchen um den *spiritistischen Irrglauben* salonfähig zu machen. Prominente Psychologen behaupteten, Zöllner sei geisteskrank. Der damals renommierte Psychologe Wilhelm Wundt bezeichnete Zöllner als geistesgestört und behauptete, der Glaube an Geister wäre ein Rückfall ins finstere

Mittelalter. Es gäbe keine Möglichkeit, um mit etwaigen Geistern in Kontakt zu treten.

Dies hat übrigens Margaret Fox über vierzig Jahre nach den Vorfällen öffentlich zugegeben. Sie verriet, den ganzen Spuk zusammen mit ihren Schwestern nur inszeniert zu haben. Viele andere vermeintlich parapsychologische Experimente wie zum Beispiel das sogenannte *Dunkelkabinett,* in dem sich angeblich Geister manifestierten und Glocken oder Tambourine erklingen ließen oder Gegenstände bewegten, entpuppten sich ebenfalls als Betrug. Die Phänomene, die sich bei diesen Séancen zeigten, habe ich übrigens zusammen mit meinem Kollegen Andreas Steverding in unserer gemeinsamen Show *Mitternachtsmagie – Geisterstunde* demonstriert. Auch heutzutage wirken diese Experimente offenbar immer noch erstaunlich und unerklärbar. Die spiritistische Bewegung verlor aber nach und nach an Bedeutung.

Auch wenn der Glaube an Geister in Deutschland heutzutage nicht wirklich verbreitet ist, gibt es dennoch eine nicht unbedeutende Anzahl von Menschen, die behaupten Geistererscheinungen gesehen zu haben. Je nach religiöser Disposition werden diese von den Zeu-

gen als Marien- oder Geistererscheinung interpretiert. Manche von diesen Erscheinungen sind
sogar auf Fotos oder Film gebannt, halten aber
in den meisten Fällen einer wissenschaftlichen
Erklärung nicht stand.

Es gibt inzwischen sogar einen Markt für paranormale Events: Im Großraum Passau gibt es
einen parapsychologischen Verein, der sogenannte *Spuknächte* veranstaltet. Nach einem
Fünf-Gänge-Menü, welches meistens in einem
Burgrestaurant stattfindet, werden die zahlenden Gäste mit Taschenlampen, Elekromagne-
tismus-Detektoren, Thermometern, Wünschel-
ruten und allerlei technischem Gerät ausgestat-
tet und dann geht es auf Geisterjagd. Oftmals
handelt es sich um Orte, in denen vor vielen
Jahren tatsächlich berichtet wurde, dass es dort
angeblich spuken soll. Die Teilnehmer werden
in Fünfergruppen durch die Burg geführt, in der
versucht wird Geistererscheinungen zu entdecken und diesen auf den Grund zu gehen. Die
Veranstalter dieser Events stellen es übrigens
jedem frei, wie man die gefundenen Phänomene
(sofern sie überhaupt auftauchen) interpretieren
soll. Tatsache ist, dass bei diesen Events nicht
mit irgendwelchen billigen Tricks gearbeitet
wird. Alle ungewöhnlichen Ereignisse, die so-

gar relativ regelmäßig bei diesen Events statt-finden sind also nicht durch irgendwelche Tricks bewerkstelligt worden. Ob diese aber tatsächlich einer übernatürlichen Ursache zu-grunde liegen bleibt fraglich. Teilnehmer be-richten von Lichtblitzen, andere von dunklen Gestalten, die sie im Bruchteil einer Sekunde in einem Spiegel gesehen haben wollen, wiederum andere Teilnehmer meinen merkwürdige Ge-räusche zu vernehmen, aus leeren Zimmern, in denen sich aber nachweislich niemand aufhält, und Ähnliches.

Dass tatsächlich nicht geschummelt wird, kann ich beurteilen, da ich an diesen Touren selber teilgenommen habe. Vor einigen Jahren bin ich auf die Website des Veranstalters gestoßen. Da ich sowieso, wie Sie sicher bereits gemerkt ha-ben, ein großes Interesse für das Übersinnliche habe, beschloss ich die Veranstalter zu kontak-tieren. Ich hatte auch – natürlich ganz uneigen-nützig – die Idee, bei einigen der veranstalteten *Spuknächte* ein Engagement zu ergattern. Ein Publikum, das zur Geisterjagd geht, hat mit Sicherheit auch Interesse an einer Gedanken-leser-Show. Die Veranstalter schrieben mir zu-nächst eine höfliche E-Mail zurück, dass sie an Mentalisten nicht interessiert seien, da diese nicht zum Thema *Geister* passen würden. Schließlich gelang es mir aber doch noch die Veranstalter vom Gegenteil zu überzeugen. Ich wurde großzügigerweise zu einem ihrer Events eingeladen, damit ich mir ein erstes Bild machen konnte, was denn bei so einer Spuknacht passiert.

Nach dem mehrgängigen Menü im Burgrestaurant ging es dann also in Kleingruppen auf Exkursion in die Burg. Der Gruppenleiter, dem ich zugeteilt war, führte uns durch verlassene Keller, Burgruinen, Dachböden und Kapellen. In jedem Raum wurde versucht mit eventuell vorhandenen Geistwesen in Kontakt zu treten. Die verblüffendsten Ergebnisse erhielten wir mithilfe der sogenannten *EVP-Experimente*. EVP steht für *Electronic Voice Phenomena*, also elektronische Stimmenphänomene, besser auch bekannt als *Tonbandstimmen*.

Tonbandstimmen sind in erster Linie Worte oder ganze Sätze, die bei akustischen Aufzeichnungen in völliger Stille entstehen. Es werden also Geräusche aufgenommen, die als Sätze oder Satzfragmente interpretiert werden können, welchen von einigen Menschen eine außergewöhnliche Bedeutung beigemessen wird. Bisher konnten unter wissenschaftlichen Testbedingungen zwar keine Auffälligkeiten reproduziert werden, dennoch sind manche der eingefangenen Stimmen in der Tat verblüffend. Es ist bisher nicht eindeutig festgestellt, ob das eigentliche Phänomen im technisch-physikalischen Bereich zu erklären ist, zum Beispiel durch aufgefangene Radiowellen oder Gespräche von Personen, die zwar weit weg sind, deren Stimmen aber dennoch vom sensiblen Mikrofon des Aufnahmegerätes eingefangen werden. Eine andere Erklärung ist, dass das menschliche Ohr diese Aufnahmen schlichtweg fehlinterpretiert. Natürlich glauben vor allem Anhänger esoterischer Strömungen, dass man auf diese Art mit den Seelen Verstorbener oder auch anderen Wesenheiten kommunizieren könne. Wiederum glauben andere Verfechter von *Tonbandstimmen* lediglich, dass das ganze Phänomen einem bisher der Wissenschaft nicht bekannten Vorgang zuzuschreiben ist. Diese erhoffen sich weiterführende Erkenntnisse durch umfassendere Untersuchungen. Kritiker von EVP-Phänomenen sagen jedoch, dass das Rauschen, in dem stimmenähnliche Geräusche wahrgenommen werden können, aus rein technischer Sicht betrachtet mit Artefakten (elektromagnetische Störungen, bei Tonbandkassetten Vormagnetisierung usw.) zu erklären sei. Simple Wahrnehmungstäuschungen trügen außerdem in erheblichem Maße dazu bei, um in extrem undeutlicher Akustik Stimmen mit sinnvollem Inhalt oder sogar persönlich erscheinendem Bezug hineinzuinterpretieren. Wer also behaupte, dieses Phänomen sei auf übernatürliche Ursachen zurückzuführen, liege falsch beziehungsweise ziehe unbedachte, voreilige Schlüsse. Bei den in Fachkreisen berühmten *Tonbandstimmen*, bei denen Einflüsse wie technische Störungen, Artefakte et cetera ausgeschlossen werden konnten, ist dennoch hoch umstritten, ob diese Aufnahmen unter wissenschaftlicher Kontrolle durchgeführt wurden. Grundsätzlich gelten zumindest wissenschaftlich gesehen diese Phänomene als unbewiesen.

Die Geisterjäger aus Passau haben dennoch einige verblüffende Aufnahmen machen können. Nachdem diese ausgewertet wurden, konnte man beispielsweise folgende EVPs auf den Aufnahmegeräten entdecken: In einem Weinkeller auf Schloss Fürsteneck bei Passau hörte man die Stimme eines Mädchens, das *Mama* sagte. Die Aufnahme ist um etwa vier Uhr nachts entstanden und es war weit und breit kein Kind anwesend. Auf der gleichen Aufnahme forderte einer der Teilnehmer den mutmaßlichen Geist, der angeblich dort spukte auf, sich bemerkbar zu machen. An dieser Stelle hört man auf der Aufnahme ein Klopfzeichen und das Wort *Hier!*

Noch beeindruckender und komplexer ging es auf Burg Neuburg an der Grenze zu Österreich zu. Nachdem die Veranstaltung zu Ende war und alle das Haus verließen, lief das Aufnahmegerät dennoch weiter. Die Teilnehmer dieses Abends waren vier Amerikaner und ein Belgier. Auf der Aufnahme ist eine weibliche Stimme zu hören, die deutlich im bayerischen Dialekt den Satz spricht: *Gehn die scho hoam?* Auch hier, so schwören es die Geisterjäger, war keine Frau anwesend. Selbst als abgeklärter Mensch kommt man bei solchen Erlebnissen manchmal ins Zweifeln, ob hier nicht doch übernatürliche Kräfte am Werk sein könnten.

Eine Tante von mir hatte Mitte der 80er-Jahre auch die *Tonbandstimmen* für sich entdeckt. Schon damals, als Teenager war ich vom Übersinnlichen fasziniert und wohnte einigen Versuchen bei, bei denen mithilfe eines Kassettenrekorders Kontakt zu meinem verstorbenen Großvater hergestellt werden sollte. Bei einem aufgefangenen Tonsegment glaubte einer der Teilnehmer, dieser etwas dilettantisch vollzogenen

Séance, den Satz *Was habt ihr mit mir gemacht?* zu vernehmen. Obwohl mein Großvater auf keinen Fall mit meiner Jahre zuvor verstorbenen Großmutter zusammen beerdigt werden wollte, hatte sich unsere Familie dennoch gegen seinen Willen entschieden und das Grab meiner Oma wurde in ein Familiengrab umgewandelt. Von daher schien diese vermeintliche Botschaft meines Großvaters aus dem Jenseits irgendwie Sinn zu machen. Die Sache hat nur einen winzigen Haken: Dieser Satz hätte so gar nicht zu meinem Opa gepasst. Mein Großvater sprach Zeit seines Lebens nur astreines Hessisch und hätte sich ganz anders ausgedrückt. Wäre die Botschaft tatsächlich von meinem Großvater gekommen, hätte sie *gebabbelt* werden müssen: *Saache mal, habbt ihr se vielleischt noch all?* oder *Seit ihr eischentlisch noch ganz saubähr?* Ja, das hätte mich das aufrichtig und zutiefst beeindruckt. Leider passierte bei diesen Séancen im Haus meiner Tante sonst nichts Interessantes. Einmal machte ich mir den Spaß, während man im Haus gespannt dem aufgenommenen Nichts lauschte, von außen kleine Steine gegen das Fenster zu werfen, was im Haus drinnen als Klopfzeichen aus dem Jenseits interpretiert wurde. Auch damals schon hatte ich einen Heidenspaß, paranormale Phänomene zu produzieren ... zwar mit einfachsten Mitteln, aber hocheffektiv!

Tonbandstimmen sind nur ein Mittel, um bei den Geisterjagd-Events in Passau die Seelen Verstorbener aus der Reserve zu locken. Ein weiteres Hilfsmittel ist das sogenannte *Ouija*- oder *Hexenbrett*. Dieses Brett kennen wir hierzulande hauptsächlich aus Hollywoodfilmen. Im angelsächsischen Raum ist dieses ursprünglich von der Spielefirma *Parker* (die von *Monopoly*) hergestellte Ouija-Brett früher als Spielzeug verkauft worden. Heutzutage ranken sich unzählige Mythen um dieses Brett und es ist vor allem in konservativen evangelikal-christlichen Kreisen, auch hierzulande, recht verpönt. Im Grunde genommen handelt es sich bei einem Ouija-Brett um nichts weiter als ein Holzbrett mit Buchstaben und Zahlen.

Hierzulande ist die Technik, die beim Ouija-Brett zur Kommunikation mit der Geisterwelt benutzt wird, eher als *Gläserrücken* bekannt. Anstatt eines Brettes und einer Holzplanchette nutzt man dazu ein Glas und kleine Zettel mit den Buchstaben des Alphabets. Das Ganze funktioniert so, dass zwischen drei und sechs Teilnehmer einen Finger auf die Planchette beziehungsweise

Ouija-Brett

das Glas legen, während der Leiter der Séance vermeintlich anwesenden Geistern Fragen stellt. Die Planchette beziehungsweise das Glas soll sich dann sprichwörtlich wie von Geisterhand bewegt über die einzelnen Buchstaben schieben und zusammenhängende Worte bilden. Ich war bereits bei Dutzenden solcher Séancen anwesend und führe das teilweise auch auf der Bühne vor.

Ja, die Planchette oder das Glas bewegt sich. Und ja, es werden oft richtige Worte gebildet. Und ja, die freiwilligen Helfer aus dem Publikum fokussieren ihre Energie auf das Glas. Und ja, ich berühre nichts. Und nein, es sind hier keinerlei Zaubertricks am Werk. Obwohl es den

Anschein macht, passiert wahrscheinlich nichts Übernatürliches bei einer Sitzung mit dem Ouija-Brett oder beim Gläserrücken. Es gibt eine einfache und simple, aber dennoch faszinierende Erklärung für dieses Phänomen: *ideomotorische Bewegung.* Das Ganze funktioniert folgendermaßen: Wenn man sich ganz und gar auf seine Erwartung konzentriert, dass sich das Glas bewegt, wird der Finger, welcher sich auf dem Glas befindet, zwangsläufig eine leichte Bewegung machen. Je mehr Teilnehmer ihren Finger auf dem Glas haben, desto größer ist die Wahrscheinlichkeit, dass das Glas sich bewegt. Je mehr Teilnehmer erwarten, dass das Glas sich zu einem bestimmten Buchstaben bewegt, desto wahrscheinlicher ist es, dass das Glas genau das tun wird. Während man diese Bewegung bewusst wahrnimmt, merkt man, wenn überhaupt, nur unterbewusst, dass man diese Bewegung selbst vollführt. Menschen, die an Geister glauben und diese Form der Kommunikation mit der geistigen Welt für möglich und real halten, halten dagegen, dass die verstorbenen Seelen eben über unser Unterbewusstsein mit uns kommunizieren und das Ouija-Brett demzufolge nur die Rolle einer Art Telefon zur Geisterwelt übernimmt. Dass die Teilnehmer des Gläserrückens die Bewegung, wenn auch unbewusst, selbst ausführen ist also nach dieser Logik ein Beweis dafür, dass es Nachrichten von Geistern sind.

Meine ersten Erfahrungen mit dem Gläserrücken hatte ich als Jugendlicher. Ich und zwei weitere Freunde, nennen wir sie Thorsten und Stefan, hatten den Film *Amityville 3* gesehen. Da gab es eine Szene, in der ein Ouija-Brett vorkam. Wir beschlossen einfach mal zu versuchen, mit einem Toten Verbindung aufzunehmen, so wie wir es im Film gesehen hatten. Mein Schulfreund Thorsten hatte schon einmal heimlich seine große Schwester beim Gläserrücken beobachtet und wusste deshalb auch, was zu tun war. Wir schrieben alle Buchstaben des Alphabets auf Papier, schnitten diese aus und klebten sie mit Tesastreifen auf den Küchentisch von Thorstens Eltern. Zwei weitere Zettel beschrifteten wir mit *Ja* und *Nein*. So saßen wir letztendlich genau wie im Film bei Kerzenschein bei meinem Kumpel am heimischen Esstisch (zum Glück waren seine Eltern einige Tage außer Haus). Auf dem Tisch hatten wir die Buchstaben kreisförmig ausgelegt, die Ja/Nein-Zettel in den Buchstabenkreis gelegt und das Weinglas mittig auf den Kopf gestellt. Wir überlegten, wen wir aus dem Jenseits rufen könnten. Da wir in unseren jungen Jahren nicht wirklich viele Menschen kannten, die bereits aus dem Leben geschieden waren, bemühte ich wieder einmal meinen Großvater. Da dieser aber schon zu Lebzeiten den Mund nicht aufbekam und an zwischenmenschlicher Kommunikation eigentlich keinen großen Gefallen fand, wäre es in der Tat ein Wunder gewesen, wenn wir ihn im Jenseits an die Strippe bekommen hätten. Wir legten jeder einen Finger auf den Glasboden und warteten ab, was passierte.

Wir bestimmten Stefan als Frager und er sprach feierlich: »Ist ein Geist anwesend?«

Wir warteten alle gespannt, dass irgendetwas geschah. Man hätte eine Stecknadel fallen hören können. Mein Puls beschleunigte sich merklich.

Nach etwa einer Minute wiederholte Stefan seine Frage: »Ist hier und jetzt ein Geist anwesend?«

Stille. Nach einer weiteren Minute zuckte das Glas leicht und jagte uns einen gehörigen Schrecken ein. Dies wäre sicherlich viel weniger dramatisch ausgefallen, wenn wir nicht gerade unsere Stephen-King-Lesephase gehabt hätten. Dass wir uns kurze Zeit zuvor erst diesen Horrorfilm angeschaut hatten und es draußen bereits stockdunkel geworden war, war unserem Nervenkostüm auch nicht gerade zuträglich. Wir konzentrierten uns also gemeinsam auf das Glas und stellten uns zwangsläufig vor, wie es sich in Richtung des Ja-Zettels bewegen würde. Was ich damals noch nicht kannte, war die clevere Psychologie hinter dem Prinzip des Gläserrückens. Hätte sich das Glas nämlich in Richtung des Nein-Zettels bewegt, hätte sich der vermeintliche Geist ja in der Tat lächerlich gemacht. Jede Bewegung zu *Nein* ist beim Gläserrücken also völlig unsinnig. Wir warteten weiter. Schließlich passierte das Unvermeidliche, und das Glas schob sich langsam und feierlich in Richtung *Ja*. Stefan war jetzt mit seiner Rolle als Frager etwas überfordert und bat mich anstelle von ihm eine Frage zu formulieren.

»Nenne uns deinen Namen!«, sagte ich.

Weder Stefan noch Thorsten kannten den Namen meines Großvaters. Ich war also an diesem Abend wirklich bereit, fest an Geister zu glauben, sollte sich der Name meines Großvaters hier formen. Nach weiteren zehn Sekunden Stille begann das Glas sich zu bewegen. Es sah in der Tat so aus, als würde das Glas unsere Finger mit sich ziehen und sich von selber bewegen. Es blieb für einen Moment vor den O stehen, bewegte sich zum T, verharrte wieder einen Moment, bewegte sich nach unten und schließlich noch mal zum T, dann wieder O. Es stoppte. OTTO.

»Das gibt es doch nicht!«, sagte Thorsten, »Als du nach einem Namen gefragt hast, habe ich sofort *Otto* gedacht! Ich wusste es bereits, bevor der Geist den Namen buchstabiert hat!«

»Okay, das war's dann ...«, sagte ich. »Mein Opa hieß Karl, nicht Otto ...« Dass sich vielleicht irgendein *Otto* aus der Geisterwelt vorgedrängelt hatte, um mit uns zu sprechen, erschien mir selbst damals zu weit hergeholt, immerhin hatten wir uns von Anfang an auf meinen Großvater konzentriert.

Was war hier passiert? Thorsten hatte erwartet, dass sich das Glas zum *O* bewegt und mit dieser Erwartungshaltung eine ideomotorische Bewegung in die entsprechende Richtung ausgelöst. Sobald er sah was passierte, *erwartete* er, dass es so weiterginge und mit jedem Buchstaben war er mehr und mehr überzeugt, dass *Otto* herauskommen sollte, was mit jedem richtigen Buchstaben wiederum eine noch stärkere unbewusste Bewegung mit seinem Finger auslöste. Dieses wurde mir aber erst später klar, als ich anfing mich intensiver mit Mentalismus zu beschäftigen. Warum ich in diesem Zusammenhang nicht gegengesteuert hatte, weil ich ja wusste, dass das falsch sein musste, kann ich allerdings auch nicht erklären.

An diesem Abend machten wir bei Thorsten weiter. Ich schlug vor, eine Frau zu kontaktieren, die in unserer Gegend etwa ein halbes Jahr zuvor bei einem Unfall ums Leben gekommen war. Zumindest behauptete ich, dass es diese Frau gegeben hätte. Da weder Stefan noch Thorsten sich für solche Lokalnachrichten interessierten und in dem Alter lieber die *Bravo* als die örtliche Tageszeitung lasen, nahmen sie mir das ab. Ich habe noch ein paar weitere Details zu der verunglückten Frau erfunden. Als ich behauptete, die Frau hätte in Neuberg gewohnt, buchstabierte das Glas genau das. Es erforderte nur ein paar winzig kleine Suggestionen meinerseits, und das Glas verhielt sich so, wie wir es erwarteten. Selbstverständlich bewegte sich das Glas schneller, sobald anhand der ersten Buchstaben klar war, wie das Wort weiterging und endete. Wenn ich bei meinen Shows oder bei den Spuknächten in Passau eine solche Séance leitete, passierte es manchmal, dass die Teilnehmer sehr offen für meine versteckten Suggestionen waren, das Glas sich deshalb zu schnell bewegte und herunterfiel. Auch bei einer geschlossenen Veranstaltung mit einer Gruppe, die im Rahmen eines Firmen-Events die *Spuknacht* besuchte, ist dies passiert. Teilnehmer aus der gleichen Gruppe waren danach etwa ein Jahr später wieder zu Gast bei der *Spuknacht* und erzählten fasziniert, fast schwärmend von diesem Erlebnis. Aus dem heruntergefallenen Glas war nach einem Jahr, in dem diese Begebenheit offenbar immer wieder erzählt wurde, zu einem Glas geworden das, ohne dass es jemand berührte, wie von Geisterhand bewegt vom Tisch gegen die Wand geschleudert wurde und zersprang.

Ideomotorik und Legendenbildung sind für viele Skeptiker eine durchaus plausible Erklärung, wie Gläserrücken oder Ouija-Bretter funktionieren.

Eine andere, ebenfalls nicht von der Hand zu weisende Erklärung ist natürlich, dass es einen in der Teilnehmerrunde gibt, der das Glas absichtlich bewegt. Wenn man zehn Minuten den Finger auf dem Glas hat und nichts passiert, ist ja auch jeder froh, dass es endlich losgeht. Ich kann, auch aufgrund meiner erlernten mentalen Techniken, schnell herausfinden, ob sich ein heimlicher Glasschubser unter den Teilnehmern befindet oder nicht. In der Regel finde ich auch heraus, wer es gewesen ist …

Letztendlich stellt sich die Frage: Gibt es so etwas wie Geister oder Seelen von Verstorbenen, mit denen wir auf welche Art auch immer in Kontakt treten können? Eine endgültige, befriedigende Antwort werden wir wahrscheinlich erst nach unserem Ableben erhalten. Wir sollten uns einfach überraschen lassen. Bis dahin muss sich jeder selber entscheiden, welche Erklärung er für die richtige hält. Viele Menschen glauben an etwas, das sich wissenschaftlich nicht beweisen lässt. Sei es ein allmächtiger Gott, Geisterwesen oder die Reinkarnation. Ich bin in dieser Frage ein eingefleischter Agnostiker. Manchmal (aber nur manchmal) halte ich es wie Agent Fox Mulder aus der TV-Serie *Akte X*: »I want to believe.«

The Gift

*Ich hab' ein paar schlimme, schlimme Sachen
gedacht ... das war sehr unchristlich!*

Letzten Sommer ging ich an einem heißen Tag
in die Innenstadt von Frankfurt und begab mich
auf Shoppingtour. Es war wieder einmal an der
Zeit, mir ein neues Bühnenoutfit zusammenzu-
stellen. Ich gehörte zu jenen Mentalisten, die
ständig nur mit schwarzen Hemden und
schwarzen Anzügen auf die Bühne gehen und
hatte mich daran einfach sattgesehen. Etwas
Neues, Frischeres aber dennoch Standesgemä-
ßes musste her. Nachdem ich aus dem dritten
Klamottengeschäft gefrustet herauskam, weil
ich einfach nichts finden konnte, was mir zu-
sagte, fing es zu allem Übel auch noch an zu
regnen. Mir blieb also nichts anderes übrig, als
mich in einer kleinen, nahegelegenen Einkaufspassage unterzustellen. Einen Schirm hatte ich
nicht mit, weil ich mich dummerweise auf die
Wetter-App meines Smartphones verlassen hatte. Ehe ich mich versah, stand ich also zusammen mit einem Herrn, offensichtlich indischer
Abstammung, unter dem Vordach der Passage
und wir warteten gemeinsam auf bessere Zeiten.

Schließlich sprach er mich auf Englisch an: »You have a very lucky face!« Dabei lächelte er und nickte bedeutungsschwanger.

Interessanterweise hatte ich bei einem internationalen Mental-Kongress von einer neuen Art der Abzocke in Fußgängerzonen erfahren, bei denen Trickbetrüger mit mentalmagischen Techniken die Passanten um ihr Geld bringen wollen. Der Happy-Face-Trick ist anscheinend die neueste Masche und nicht so bekannt wie die Tricks der Hütchenspieler. Da ich durch die Informationen, die ich beim Kongress bekommen hatte, wusste, was nun passieren würde, war ich vorgewarnt. Ich war mir sicher, der Betrüger hatte heute seinen Meister gefunden. Die ganze Unterhaltung begann auf Englisch, er wechselte dann aber schnell ins Deutsche. Zunächst lachte ich höflich und dankte ihm für das Kompliment. Ich wollte mich nicht entlarven und stellte mich dumm.

»Sie haben ein Glücksgesicht, das sehe ich an Ihren Augen und Ihren Mundwinkeln!«, fuhr er fort.

»Hmm, okay, danke, danke!«, erwiderte ich erneut.

»Aber Sie sehen hier etwas besorgt aus«, sagte er, während er mit seinem Zeigefinger über meiner Nase herumwedelte. »Das brauchen Sie nicht, denn in drei Monaten werden Sie großes Glück haben. Sie werden zwar hart arbeiten müssen, aber Sie werden das bekommen, was Sie sich wünschen.«

Bei mir setze jetzt ein gewisser Fluchtinstinkt ein, weil er mir immer näher kam. Es waren trotz Regen genug Menschen auf den Straßen und ich hatte nicht den Eindruck, dass ich in eine gefährliche Situation kommen könnte. Dennoch nahm ich meinen Geldbeutel und steckte ihn zur Sicherheit in die vordere Hosentasche meiner eng geschnittenen Jeans. Dort hätte selbst der geschickteste Taschendieb Probleme.

Er schien zu merken, dass ich etwas nervös wurde, ging einen Schritt zurück und lachte mich freundlich an. »Wissen Sie, wieso ich das alles weiß? Lassen Sie es mich erklären.« Er holte eine giftgrüne Brieftasche aus der Innentasche seines Jacketts und nahm zwei kleine Zettel und einen Bleistift heraus. Auf einen Zettel schrieb er mehrere kurze Worte, knüllte ihn zu einem Papierball zusammen und bat mich, diesen in meine Hosentasche zu stecken. Da ich zu wissen glaubte, was er vorhatte, willigte ich ein.

»Noch nicht öffnen …«, sagte er.

Irgendwas stimmte nicht und lief anders ab, als ich es erwartete. Ich wusste aber zu diesem Zeitpunkt noch nicht genau, was … Was mir jedoch klar war, war, dass er auf dem zerknüllten Papierball irgendeine vermeintliche Vorhersage notiert hatte.

»Okay, denken Sie jetzt ganz spontan an eine Nummer zwischen eins und zehn«, sagte er, während er vor meinem Gesicht eine bedeutungsschwangere Geste mit seinen Händen machte.

Jetzt war ich wieder in meinem Element, denn er kombinierte gerade zwei verschiedene mentale Suggestionstechniken, die ich selber regelmäßig in meinen Shows verwende. Techniken, bei denen Logik und psychologische Verstärkung zur Anwendung kommen. »Zwei!«, antwortete ich wohl wissend, dass er eine völlig andere Zahl erwartet hatte.

Für den Bruchteil einer Sekunde konnte ich in seinen Augen ein irritiertes Flackern beobachten. Er reagierte dennoch äußerst professionell, offenbar war er ein durchaus fähiger Kollege. Eigentlich hätte mir hier schon dämmern müssen, dass ich ihn nicht unterschätzen durfte. Er schrieb die Zahl Zwei auf das andere Blatt Papier.

»Welches ist ihre Lieblingsfarbe?«

Ich musste innerlich grinsen, zitierte er doch hier ungewollt eine Szene aus einem meiner Lieblingsfilme: Monty Pythons *Die Ritter der Kokosnuss*. Ich antwortete: »Blau! Nein Grün!«

Auch das schrieb er auf. Es hörte langsam auf zu regnen. Eigentlich hätte ich einfach gehen können, wollte aber jetzt doch wissen wie es weiterging und was er genau vorhatte.

»Wie alt sind Sie?«

»Äh, vierundvierzig.«

Auch das schrieb er auf.

»Wie viele Brüder und Schwestern?«

»Ein Bruder, eine Schwester.«

Auf seine Liste schrieb er *1-B 1-S*. Hier wurde ich zunächst stutzig und bekam einen leisen Schimmer von dem, was er eigentlich vorhatte.

»Was ist Dir am wichtigsten? Gute Gesundheit, gutes Leben, gutes Glück, gute Liebe oder gutes Geld?«

Mir fiel auf, dass er vom Sie zum Du wechselte, offenbar versuchte er, jetzt noch größeres Vertrauen aufzubauen und noch etwas anderes bemerkte ich … Ich lachte und sagte ihm, ich wolle natürlich von allem etwas haben.

Plötzlich sprach er wieder Englisch: »No, you have to pick one!«

Ich sollte mir also nur eines aussuchen. In Ordnung. Ich entschied mich für *gute Gesundheit.*

Er notierte *G-G* auf seiner Liste. Hier bekam ich innerlich wieder Oberwasser, war mir doch bei der Frage schon aufgefallen, dass alle von ihm angebotenen Wahlmöglichkeiten sich entweder mit G-F oder G-G abkürzen ließen. Eine Frage zuvor hatte er mit der Art und Weise, wie er die Anzahl meiner Geschwister notierte, bereits eine Legitimierung zugrunde gelegt, wie er meine folgende Antwort abkürzen kann. Nicht schlecht ... Bei einer Auswahl von fünf Möglichkeiten brauchte er nur zwei Abkürzungen. Eine Fünfzig-Fünfzig-Chance also.

Zuletzt sollte ich noch irgendeine Blumensorte nennen. Mir war klar, dass er erwartete, dass ich mich für die *Rose* entscheiden würde. Wahrscheinlich ist das die Antwort, die die meisten Menschen geben würden, wenn sie spontan an eine Blume denken sollen.

»Enzian!«, sagte ich anklagend, wobei ich ihm tief in die Augen sah. Ich wusste, dass er mich gleich nach Geld fragen würde, deswegen war ich im Begriff, das ganze Schauspiel abzubrechen und mich aus dem Staub zu machen.

Er wollte nun den zusammengeknüllten Ball wiederhaben. Ich kramte diesen aus meiner Hosentasche hervor. Er nahm ihn zwischen zwei Finger und legte ihn sofort wieder zurück auf meine Handfläche.

Ich war mir meiner Sache sehr sicher. Ich ging davon aus, dass er mit Suggestionen und den statistisch wahrscheinlichsten Antworten arbeitete. Da ich diese Techniken natürlich selber kenne und anwende, war ich fest davon überzeugt, ihn ausgetrickst zu haben.

Er bat mich den Papierball auseinanderzufalten.

Ich erstarrte für einige Sekunden. Auf dem Zettel stand:

2

GRÜN

44

1-B 1-S

GG

ENZIAN

Ich war sprachlos. Für einen Moment zog ich tatsächlich in Erwägung, dass dieser Mensch übernatürliche Kräfte haben könnte. Ihm haftete auch irgendwie die Aura des Geheimnisvollen an. Wahrscheinlich war er in Wirklichkeit ein Fakir mit echten magischen Fähigkeiten. Ich hatte, so glaubte ich zumindest, alle seine Suggestionsversuche erkannt. Ich hatte Antworten gegeben, die jenseits aller Wahrscheinlichkeiten lagen. Mein genaues Alter sowie meine Wahl *Enzian* im Vorfeld zu kennen, erschien mir unmöglich. Er wollte mir nun einen magischen Stein verkaufen, der mich vor Krankheiten schützen und das Glück in mein Leben einfließen lassen sollte … Da hatte ich einen Geistesblitz: Der Mann war nicht nur Mentalist, sondern zugleich auch ein Taschenspieler. Mir war es gleich am Anfang etwas sehr merkwürdig vorgekommen, ich wusste aber nicht sofort was. Warum um alles in der Welt zerknüllte er den Zettel zu einem kleinen Ball? Warum faltete er den Zettel nicht einfach zusammen, wie jeder normale Mensch das tun würde? Was hatte es also mit dem Zerknüllen auf sich? Die Antwort ist simpel: Auf diese Art und Weise ließ sich der Papierball von ihm am Ende seines Showacts einfacher austauschen. Während seiner Fragerei hatte er ja ganz offen alles mitgeschrieben. Irgendwann muss er den Zettel heimlich hinter seinem Rücken zerknüllt haben. Als er für einen kurzen Moment den Papierball aus meiner Hosentasche an sich nahm um ihn mir wieder auf die Hand zu legen, hatte er ihn blitzschnell ausgetauscht. Wahrscheinlich war das jedoch lediglich sein Plan B. Wäre ich auf seine Suggestionstechnik hereingefallen, hätte er den Papierball, den er mir zuerst gegeben hatte, gar nicht mehr angefasst.

Er redete nun ständig auf mich ein und wollte mir seinen billigen Glasdiamanten für hundert Euro unterjubeln. Er redete sich nun wieder auf Englisch in Rage. Ich hätte einfach verschwinden können, vielleicht die Polizei verständigen sollen, schließlich handelte es sich um einen Trickbetrüger, aber in der Einkaufspassage gab es eine Kartenvorverkaufsstelle und dort hing auch das Plakat meiner Show. Ich dachte daran ihm zu zeigen, mit wem er es gerade zu tun hatte, ich war ja im Grunde ein Kollege – mit dem Unterschied, dass ich keine ahnungslosen Passanten mit meiner Kunst abzocke. Ich entschied mich jedoch dafür, mich nicht zu offenbaren. Mir wäre es unangenehm gewesen, wenn dieser Mensch vielleicht bei einer meiner Shows aufgetaucht wäre oder noch schlimmer, mein Publikum belästigt hätte. Ich sagte ihm höflich aber bestimmt, dass er mich bitte in Ruhe lassen solle und verschwand. Er rief mir noch einige üble Beschimpfungen nach. Ich frage mich heute noch, ob dieser Mensch von Anfang an Mentalismus erlernt hatte, um andere

Leute zu betrügen, oder ob er irgendwann von der dunklen Seite der Macht verführt wurde. Ich dankte meinem inneren Yoda und ging auf schnellstem Wege nach Hause.

Bei dieser Begegnung hatte ich es mit einem Mentalisten zu tun, der sich an unvorbereiteten, ahnungslosen Menschen bereichern wollte. Es gibt jedoch auch eine nicht unerhebliche Anzahl von Menschen in Deutschland, die auf eigene Initiative regelmäßig die Hilfe von Wahrsagern, Astrologen und Kartenlegern suchen. Laut einer erst vor Kurzem durchgeführten Umfrage von *TNS Infratest* glauben über zweiundfünfzig Prozent der Deutschen, dass ihr Leben von einer wie auch immer gearteten höheren Macht beeinflusst wird. Einer *Imas*-Umfrage zufolge glaubt sogar nahezu jeder Fünfte an Astrologie. Die Wenigsten geben es gerne zu, doch der Umfrage zufolge kommen die, die eine solche esoterische Beratung in Anspruch nehmen aus allen möglichen Berufen und gesellschaftlichen Schichten. Weil einige Kartenleger beziehungsweise Astrologen auch gute Psychologen sind beziehungsweise über eine gute Menschenkenntnis verfügen, können sie manchmal tatsächlich wertvolle Lebenshilfe bieten. Doch die

Grenze zur Scharlatanerie ist fließend und so mancher, der gerne sein Geld für das Kartenlegen ausgibt, gerät auf Dauer in ein Abhängigkeitsverhältnis.

Aber was genau passiert zum Beispiel beim Kartenlegen? Die Kernkompetenz eines Kartenlegers oder Astrologen ist das sogenannte *Cold Reading*. Diese Technik ist der Schlüssel, um zu verstehen, wieso der Kartenleger so viel über seine Klienten beziehungsweise deren Zukunft wissen kann. Falls Sie jemals die Dienste eines Kartenlegers in Anspruch genommen haben und er Sie von seinem Können überzeugt hat, dann ist Cold Reading die wahrscheinlichste Erklärung dafür. Cold Reading ist faszinierend und gleichzeitig hoch manipulativ. Diese Technik kann in zwischenmenschlichen Beziehungen, in Verkaufsgesprächen oder zum Gedankenlesen eingesetzt werden. Um völlig fremden Menschen Dinge über sich selbst zu offenbaren, die man als außenstehende Person gar nicht wissen kann, oder darüber hinaus noch Aspekte der Persönlichkeit aufzeigen zu können, die den Betroffenen selbst überraschen, bedarf es einer ganz besonderen Gabe: zuhören können. Die wenigsten Menschen sind gute Zuhörer und diese Eigenschaft wird immer seltener. Es gibt nicht viele Menschen, die ein echtes und aufrichtiges Interesse an der Situation ihres Gesprächspartners entwickeln und dieses dann auch vermitteln. Diese Fähigkeit und das Wissen über bestimmte Kommunikationstechniken, kombiniert mit einer *magischen* Handlung in Form von Tarotkarten, Astrologie-Chart oder sonstigen Requisiten, machen einen guten Wahrsager aus.

Das wichtigste Handwerkszeug eines Cold Readers sind die sogenannten *Barnum-Statements*, auch *Forer-Effekte* genannt, nach dem Zirkusgründer Phineas Taylor Barnum. Erste Forschungen zu diesem Phänomen fanden bereits in den 20er- und 30er-Jahren in Deutschland und Frankreich statt, jedoch wurden die Barnum-Statements in Fachkreisen erst durch den amerikanischen Psychologen Bertram Forer bekannt, der den Barnum-Effekt genauestens erforschte.

Bekannt wurde Forer in der Welt der Psychologie vor allem durch seinen Persönlichkeitstest. In seinem klassischen Experiment gab Forer vor, einen von ihm entwickelten psychologischen Test mit seinen Studenten durchzuführen. Danach händigte er ihnen vorgeblich die Ergebnisse aus und forderte sie auf, den Wahrheitsgehalt seiner Auswertung mit Werten von 0 (trifft gar nicht zu) bis 5 (trifft genau zu) zu bewerten. Obwohl alle Auswertungen den exakt gleichen Text enthielten, die Forer aus verschiedenen Zeitungshoroskopen zusammengeschrieben hatte, vergaben die Studenten durchschnittlich über vier Punkte. Das Experiment wurde viele Male wiederholt und bestätigt.

Der von Forer vorgelegte Text lautete:

Sie brauchen die Zuneigung und Bewunderung anderer, dabei neigen Sie zu Selbstkritik. Zwar hat Ihre Persönlichkeit einige Schwächen, doch können Sie diese im Allgemeinen ausgleichen. Sie haben beträchtliche Fähigkeiten, die brachliegen, statt dass Sie sie zu Ihrem Vorteil nutzen. Äußerlich diszipliniert und kontrolliert, fühlen Sie sich innerlich ängstlich und unsicher. Mitunter zweifeln Sie ernstlich an der Richtigkeit Ihres Tuns und Ihrer Entscheidungen. Sie bevorzugen ein gewisses Maß an Abwechslung und Veränderung und Sie sind unzufrieden, wenn Sie von Verboten und Beschränkungen eingeengt werden. Sie sind stolz auf Ihr unabhängiges Denken und nehmen anderer Leute Aussagen nicht unbewiesen hin. Doch erachten Sie es als unklug, sich anderen zu freimütig zu öffnen. Manchmal verhalten Sie sich extrovertiert, leutselig und aufgeschlossen, manchmal auch introvertiert, skeptisch und zurückhaltend. Ihre Wünsche scheinen mitunter eher unrealistisch.

Allen Barnum-Aussagen ist gemeinsam, dass sie nicht objektiv sind und sie dürfen auf keinen Fall falsifizierbar sein. Jedes Zeitungshoroskop steckt voller Barnum-Aussagen. Worauf müssen also Wahrsager, Kartenleger und Astrologen achten, wenn sie ihre Kunden beraten? Jeder Mensch sehnt sich nach einer sicheren Umwelt. Deshalb darf die Erwähnung von Ängsten auf keinen Fall fehlen. Wünsche, wie beispielsweise eine sichere Arbeitsstelle oder ein gutes Beziehungsleben, werden auf passende Ereignisse interpretiert.

Sehr geeignet sind Sowohl-als-auch-Aussagen: *Sie sind oft zielgerichtet und entschlossen, dennoch versuchen Sie sich immer wieder Ihrer Umwelt und Ihren Mitmenschen anzupassen.*

Sehr wichtig sind auch ungenaue Formulierungen wie: *Sie neigen zur Trägheit,* anstatt: *Sie sind heute träge und faul,* was entweder stimmt oder eben nicht stimmt. Auch Suggestionen spielen eine große Rolle: *Sie könnten in den nächsten Wochen eine nahestehende Person verbal verletzen.*

Nach so einer Aussage ist es fast sicher, dass der Klient nach Wochen diese Vorhersage bestätigt, denn die Gefahr, jemanden zu beleidigen oder vor den Kopf zu stoßen, besteht täglich, während wir mit anderen Menschen kommunizieren. Passiert es dann, oder schlucken wir in einem Streitgespräch gerade noch so etwas herunter, was wir besser nicht sagen sollten, dann hat sich diese Vorhersage also schon erfüllt.

Eine beliebte Fragetechnik der Cold Reader ist eine, in der es so scheint, als hätte man die Antwort bereits vorher gewusst. Ein typisches Gespräch zwischen Cold Reader und Opfer könnte also so zum Beispiel ablaufen:

»Sie arbeiten doch nicht etwa in der Verwaltung, oder?«

»Nein, das könnte ich mir auch gar nicht vorstellen. Das wäre nichts für mich.«

»Ja, das habe ich Ihnen sofort angesehen. Dagegen spricht im Grunde alles, was ich in Ihnen erkennen kann. Ihre Kreativität, Lebensfreude und ihre Aufgeschlossenheit sprechen Bände. Ein Bürojob würde absolut nicht zu Ihnen passen.«

Die identische Frage kann natürlich auch anders beantwortet werden:

»Sie arbeiten doch nicht etwa in der Verwaltung, oder?«

»Doch, jeden Tag von neun bis fünf sitz' ich am Schreibtisch.«

»Ja, das habe ich Ihnen sofort angesehen. Auf mich machen Sie einen strukturierten, vertrauenserweckenden Eindruck und ich kann mir sehr gut vorstellen, dass Sie immer sehr gewissenhaft und verantwortungsvoll handeln. Deswegen sind sie für so eine Arbeit absolut prädestiniert.«

Auch wenn die Frage impliziert, dass der Gesprächspartner in der Verwaltung arbeitet, wirkt die Frage dennoch wie eine einfache Feststellung. Ob diese Feststellung nun das eine oder das andere aussagen soll, das sucht sich der Fragende erst dann aus, wenn er die Antwort seines Gegenübers bekommen hat. Und er kann mit dieser Art Feststellung niemals falsch liegen.

Eine weitere Kommunikationstechnik, die relativ bekannt ist, aber dennoch selten angewandt wird, ist das sogenannte *Spiegeln* oder *Pacing*. Wenn zwischen zwei Gesprächspartnern eine angenehme Atmosphäre herrscht, also Harmonie und ein Konsens hergestellt ist, neigen wir im Gespräch unbewusst dazu, die Körperhaltung unseres Gegenübers zu imitieren, also zu spiegeln. Der Kommunikationsforscher Paul Watzlawick sagt: *Man kann nicht nicht kommunizieren, denn jede Kommunikation (nicht nur mit Worten) ist Verhalten und genauso wie man sich nicht nicht verhalten kann, kann man nicht nicht kommunizieren.* Als Beispiel nannte er eine Frau im Wartezimmer eines Arztes, die die ganze Zeit nur auf den Boden starrt. Zunächst könnte man annehmen, sie würde nicht kommunizieren. Dennoch tut sie es, indem sie den anderen Wartenden nonverbal mitteilt, dass sie keinerlei Kontakt möchte.

Wir kommunizieren zum allergrößten Teil unbewusst durch Körpersprache und Mimik. Was passiert hier genau? Das körpersprachliche Spiegeln ist ein völlig normales Verhalten und gehört zu unserer unbewussten Kommunikation. Wenn sich zwei Menschen begegnen, fangen sie an sich auszutauschen und zu kommunizieren. Nach kurzer Zeit, manchmal auch erst nach einer halben Stunde, fangen sie an, die Körpersprache des anderen zu imitieren. Lehnt sich der eine zurück, tut der andere dies nach kurzer Verzögerung ebenfalls. Einer schlägt die Beine übereinander, der andere macht das Gleiche nach wenigen Sekunden. Beobachten Sie einfach mal Paare in einem Café. Da wird gleichzeitig am Getränk genippt, simultan die Sitzhaltung verändert oder man beugt sich gleichzeitig nach vorne. Das ist ein völlig normales Verhalten, solange man miteinander harmoniert. Versucht man sich im Gespräch abzugrenzen oder Ablehnung aufzubauen, ist das Gegenteil der Fall. Bei Streitgesprächen geht es nicht um Harmonie sondern um eher um Ablehnung und Rivalität. Zwei Politiker unterschiedlicher Parteien in einer Fernsehtalkrunde werden sich in den seltensten Fällen körpersprachlich spiegeln. Um einen Menschen jedoch von seinem Standpunkt zu überzeugen oder ihm etwas zu verkaufen, und sei es nur einen Anschlusstermin an eine Tarotkartensitzung, ist das Wissen über das *bewusste* Spiegeln von unschätzbarem Wert.

Denn wenn man dies alles weiß und verinnerlicht, können wir dieses Wissen nutzen, um unser Gegenüber ein Stück weit zu beeinflussen und eine angenehme Gesprächsatmosphäre schaffen. Spiegelt man seinen Gesprächs- oder Verhandlungspartner, sendet man unbewusste Signale aus, die dem Gegenüber Verständnis und Zustimmung suggerieren. Will ich jemanden von meinen Argumenten überzeugen, dann wird mir das schneller und einfacher gelingen, indem ich einfach seine Körperhaltung imitiere. Da ich als Mentalist immer meine Zuschauer in die Show mit einbinde, muss ich auch immer dafür sorgen, dass sich willkürlich aus dem Publikum ausgewählte Personen so weit wie möglich wohlfühlen, sobald ich sie auf die Bühne bitte. Das Spiegeln der Körperhaltung ist ein gutes Werkzeug, um dem Zuschauer zu vermitteln, dass er sich zusammen mit mir auf der Bühne wohlfühlen kann und soll.

Spiegeln funktioniert nicht nur durch Körpersprache, sondern auch beim Reden. Man spricht dann vom *verbalen Spiegeln*. Wir sind als Mensch in unserer Wahrnehmung so beschaffen, dass wir stark auf Bilder oder bildhafte Denkmuster reagieren. Die Technik des *verbalen Spiegelns* beruht genau auf dieser Erkenntnis. In jedem Gespräch nutzen wir, mal mehr mal weniger absichtlich, bildhafte Umschreibungen oder Darstellungen, um das, was wir dem anderen mitteilen möchten, leichter vorstellbar zu machen. Wir sprechen oft in Gleichnissen und Allegorien und nutzen bestimmte Metaphern. In der Lehre des NLPs (Neurolinguistisches Programmieren) teilt man die Menschen in vier Kommunikationstypen ein: visueller Typ, auditiver Typ, kinästhetischer Typ und olfaktorischer beziehungsweise gustatorischer Typ. Letzterer wird von den meisten NLP-Anwendern ignoriert, da er prozentual zu den anderen vergleichsweise selten vorkommt.

Ein Mensch, der sich im Gespräch hauptsächlich visueller Sprachbilder bedient, wird sich mit sehr hoher Wahrscheinlichkeit an verbalen Signalen orientieren, die sich bildhaft mit dem Sehsinn assoziieren lassen. Umschreibungen wie: *Ich sehe, was Sie meinen,* oder: *Lassen sie uns diesen Aspekt noch einmal genauer betrachten,* sind sehr typische Beispiele für visuelle Sprachmuster. Auch die Erwähnung von Farben (*Wagen wir einen Schuss ins Blaue,* oder: *Alles im grünen Bereich*) lassen sich häufig bei visuell veranlagten Menschen beobachten.

Auditive Typen beziehen sich gerne auf den Hörsinn. Beispielsweise: *Diese Ungerechtigkeit schreit zum Himmel,* oder: *Das ist Musik in meinen Ohren,* sind typische auditive Sprachbilder.

Die Kinästhetiker formulieren gerne Sätze, bei denen Körperreize eine besondere Rolle spielen: *Da stehen mir die Haare zu Berge,* oder: *Das fühlt sich für mich gut und stimmig an,* oder auch: *Wir sollten uns langsam herantasten.*

Olfaktorische/gustatorische Typen hingegen benutzen gerne Umschreibungen wie: *Das schmeckt mir überhaupt nicht!,* oder: *Das hätte ich gleich riechen können.*

Selbstverständlich passiert es auch oft, dass wir während eines Gespräches die Kategorie wechseln, auch wenn wir grundsätzlich von der Veranlagung her eher zu einem bestimmten Typus gehören. Hier ist also während des Gespräches Aufmerksamkeit gefragt.

Wie können wir beziehungsweise esoterische Berater dieses Wissen nutzen? Sobald zu erkennen ist, in welchem Sprachmuster der Gesprächspartner sich gerade befindet, kann man ihn körperlich und verbal spiegeln und sich seinem Typus anpassen. Bleiben wir beim Beispiel des Kartenlegers. Äußert sich dessen Klient wie folgt: »Für meine berufliche Zukunft sehe ich *schwarz.*« Dann würde der Kartenleger zum Beispiel antworten »Nun, die Karte XY verspricht aber eher eine *rosige* Zukunft, wenn sie selber der von Ihnen angedachten Veränderung *grünes* Licht geben.« Mit diesem Satz hat der Kartenleger also gleich zwei Fliegen mit einer Klappe geschlagen. Zum einen signalisiert er, dass er in den Karten sehen könne, dass sein Klient bereits über eine Veränderung nachgedacht hat (wer tut das nicht, der beruflich für sich kein Fortkommen sieht) und bedient sich gleichzeitig der identischen Sprachmuster, um unbemerkt Vertrauen und Harmonie aufzubauen. Wenn der Klient sich also wohlfühlt, wird er sicher bald wiederkommen.

Das verbale Spiegeln funktioniert übrigens auch bestens am Telefon. In den letzten Jahren gab es einen regelrechten Hype sogenannter *Call-in-Sendungen* im Fernsehen, bei denen man live mit dem Kartenleger oder Astrologen im Fernsehen sprechen kann. Dies ist meist die Einstiegsdroge, um später die kostenpflichtige Hotline-Nummer zu wählen, bei der die Anrufer möglichst lange in der Leitung gehalten werden, um ihnen möglichst viel Geld aus der Tasche zu ziehen.

Wie sieht es mit Wahrsagern, Kartenlegern und Astrologen aus, die man persönlich besuchen kann, um sich ausführlich beraten zu lassen? Sind das alles Scharlatane? Ich bin überzeugt, dass es hier eine nicht unerhebliche Anzahl schwarzer Schafe gibt, die es vordergründig auf das Geld ihrer Klienten abgesehen haben. Dennoch gibt es mit Sicherheit auch in dieser Branche Menschen, die es ernst meinen und bei denen in allererster Linie das Wohl ihrer Klienten im Mittelpunkt steht. Ich gehe trotzdem davon aus, das die meisten gute Cold Reader sind und zumindest an gewissen Stellen der Beratung mit den vorhergenannten Barnum- oder Forer-Statements arbeiten.

Dennoch sollte man die Möglichkeiten des Tarot oder auch der Astrologie nicht unterschätzen, auch wenn ich hier beim besten Willen nichts Übersinnliches sehen kann. Mein erstes Tarotdeck habe ich im Alter von vierzehn Jahren geschenkt bekommen und ich war fasziniert von den Bildern und der Symbolkraft der Karten. Ich habe mich lange mit den überlieferten Bedeutungen der einzelnen Karten und verschiedenen Legemustern vertraut gemacht und viele Jahre selber anderen Menschen, aber auch mir selber die Karten gelegt. Dabei habe ich folgende Feststellung gemacht: Die Bedeutungen vieler Karten sind im Grunde bereits vorgefertigte Barnum-Statements, da man in eine Tarotkarte sowohl Positives als auch Negatives hineininterpretieren kann. Liest man die Bedeutungen der einzelnen Karten in der umfangreichen Literatur, die dazu erhältlich ist, wird dies sehr schnell ersichtlich.

Bei vielen Karten liest sich Bedeutung etwa wie folgt:

Eine eingefahrene Situation, die sich so über längere Zeit aufgebaut hat, kommt nun zu einem Ende. Hier steht nun eine Veränderung an. Es ist möglich, dass der alten Situation hinterhergetrauert wird, diese Karte lädt dennoch dazu ein, das Neue, welches aus dem Ende des Alten erwächst, zu begrüßen und ihm eine Chance zu geben. Auch wenn die Karte davor warnt, nicht zu blauäugig an die neue Situation heranzugehen, sollte man dennoch der Veränderung eine Chance geben und die guten Früchte des Neuen genießen, sobald diese daraus erwachsen.

Diese Aussage ist anwendbar auf die meisten Fragen, die ein Klient auf seine Situation hat. Die meisten Fragen, die ein Kartenleger oder Astrologe gestellt bekommt, drehen sich um Finanzen, Liebe, zwischenmenschliche Beziehungen oder die berufliche Situation. Egal, ob man nun den Lebenspartner oder den Job wechseln will, die oben genannte Bedeutung der Karte lässt sich auf diese Situationen anwenden. Ach, man will gar nicht den Mann, die Frau oder die Arbeitsstelle wechseln? Dann kann es aber sein, dass die vorliegende vertrackte Situation sich dennoch zum Guten wendet. Dann stimmt die Karte also doch. Gibt man dem Klienten ein positives Gefühl mit nach Hause, fühlt er sich auch bestärkt, diese Veränderung zum positiven herbeizuführen. Bei der nächsten Sitzung bekommt der Kartenleger dann zu hören, dass er bei der letzten Beratung recht hatte und alles so eingetreten ist, wie vorhergesagt.

Auch wenn mit Tarotkarten viel Schindluder betrieben wird, haben die Karten dennoch eine ganz besondere und wertvolle Eigenschaft. Darum halte ich dieses Werkzeug immer noch für empfehlenswert und wertvoll. Wenn ich mir aufgrund einer schwierigen Situation die Karten lege, bekomme ich Impulse und Lösungsansätze für bestimmte Problematiken, an die ich vorher noch nicht gedacht habe. Oft sind das profane Dinge, die mir vorher nicht eingefallen sind, die sich aber dann im Nachhinein als gute Idee erwiesen haben. Hätte ich nicht das Tarot *befragt,* wäre mir also so mancher Lösungsansatz nicht eingefallen. Aus diesem Grunde biete ich auch heute noch hin und wieder Tarot-Beratungen an, die ich jedoch in keiner Weise mit dem vergleichen möchte, was man heutzutage in entsprechenden Fernsehsendungen sieht. Falls Sie irgendwann mit dem Gedanken spielen sollten, die Hilfe eines esoterischen Beraters in Anspruch zu nehmen, möchte ich Sie auf gar keinen Fall davon abhalten. Ich möchte Sie jedoch dazu anhalten, eine gute Portion Wachsamkeit an den Tag zu legen und sich genau anzuschauen, auf wen Sie sich einlassen. Die besten Berater sind die mit einer gewissen Lebenserfahrung, die verantwortlich mit den Gefühlen ihrer Klienten umgehen, und die ihre Kunden und nicht sich selber in den Mittelpunkt stellen. Man sollte die Hände von denen lassen, die behaupten, sie stünden in Kontakt mit dem Erzengel Gabriel, Metatron, Gott persönlich, Cthulhu oder dem fliegenden Spaghettimonster. Sie müssen das Gefühl haben, dass Sie es mit einem Menschenfreund zu tun haben. Nur wer seine Mitmenschen liebt schafft es auch, sich in diese hineinzuversetzen und Ratschläge zu geben.

Nachwort

Die Frage, die ich mit vielen Kollegen und Leuten aus dem Publikum manchmal diskutiere, ist, ob Mentalisten nur Trickser seien und auch nichts anderes drauf haben als *normale* Zauberer. Bei dieser Frage kochen besonders oft in Fachkreisen, also in der Zauberer- und Mentalisten-Szene die Emotionen hoch.

Ich bin der Meinung, ein Mentalist ist etwas gänzlich anderes als ein Zauberer. Beim Zauberer weiß das Publikum von vornherein, dass dieser mit Illusionen arbeitet. Beim Mentalisten herrscht dagegen beim Publikum oftmals eine gewisse Unsicherheit, ob hier übernatürliche Kräfte am Werk sind. Das verneine ich natürlich strikt! Dennoch nutzen Mentalisten sehr oft Techniken und antrainierte Fähigkeiten, die mit der Zauberei nichts zu tun haben, um ihr Publikum zu verblüffen. Ich denke hierbei beispielsweise an Psychologie, Hypnosetechniken, Suggestionen und Ähnliches. Dennoch bedienen auch wir Mentalisten uns hin und wieder aus der Trickkiste, um bestimmte Illusionen und kleine Wunder zu erschaffen. Ein guter Mentalist schafft es sogar, einige Effekte, die Zauberer vorführen, gänzlich ohne die Tricktechnik des Zauberers zu zeigen.

Eine Sparte der Zauberkunst war schon immer die Mentalmagie. Hierbei werden Zaubertechniken und -requisiten benutzt, die es so aussehen lassen, als könne der Vorführende Gedanken lesen. Bestimmte Effekte haben Mentalisten dann so weit weiterentwickelt, dass diese ganz ohne die üblichen Zaubertricks auf das gleiche Ergebnis kommen. Zumindest in etwa achtzig bis neunzig Prozent der Fälle. Wer immer auf Nummer sicher gehen will arbeitet dann eben weiterhin mit den traditionellen Tricks.

Einige Kollegen sind teilweise darüber erbost. Da hat ein klassischer Zauberkünstler, der normalerweise mit Seidentüchern, Schwammbällen und Seilen zaubert, ein neues, teures Requisit gekauft, um einen tollen Mentalmagie-Trick zeigen zu können, und da kommt so ein hergelaufener Mentalist und macht den gleichen Effekt ganz ohne physische Hilfsmittel. Klar, dass hier bei so manchen die Nerven blank liegen. Mir sind diese Grabenkämpfe, die es zwischen der Zunft der Zauberer und der der Mentalisten oftmals gibt, eigentlich zuwider, denn ich schaue mir oft begeistert gut gemachte klassische Zauberkunst an, auch wenn ich diese so gut wie nie selber praktiziere. Hin und wieder steige auch ich in die ganzen Diskussionen ein und bereue es meistens anschließend, weil sowieso keiner auch nur ein Quäntchen von seiner vorgefertigten Meinung abrückt. Da werden dann Mentalisten als kriminelle Betrüger beschimpft, nur weil sie sagen, sie arbeiten bei bestimmten Effekten nicht mit irgendwelchen versteckten Requisiten.

Sie sehen, in der Branche gibt es ein hohes Konfliktpotenzial. Die Prämisse so manches Zauberers: *Wer auch nur hin und wieder Hilfsmittel und Tricks verwendet, ist ein Zauberer wie wir,* ist von Grund auf falsch. Ein Mentalist erschafft die Illusion, er könne Gedanken lesen oder die Zukunft vorhersagen. Ein Zauberer erschafft die Illusion, er könne zum Beispiel ein zerschnittenes Seil wieder ganz machen oder einen Blumenstrauß aus dem Nichts herbeizaubern. Hier werden in beiden Fällen (durch welche Technik auch immer) Illusionen erzeugt. Mentalisten erschaffen die Wunder nicht an Tüchern, Seilen und sonstigen Requisiten, sondern direkt bei den Emotionen und ohne Umwege in den Köpfen der Zuschauer. Dies oftmals mit Suggestionstechniken, die weit über die Möglichkeiten der traditionellen Zauberkunst hinausgehen. Wir versuchen direkt das Innerste der Zuschauer anzusprechen und lassen diese während der Show über sich selber staunen, wenn sie plötzlich Gedanken von anderen lesen können oder sonstige *Wunder* vollbringen. Nicht der Mentalist, sondern der Zuschauer ist der Star der Show. Dies kommt beim Publikum an. Ich persönlich finde es viel spannender in meinen Shows den Zuschauer ein Wunder vollbringen zu lassen, als auf der Bühne den großen Zampano zu markieren.

Eine Frage, die ich oftmals gestellt bekomme, ist, ob jeder Gedankenlesen und mentale Techniken lernen kann. Dies kann ich unumwunden mit Ja beantworten. Genauso wie jeder Mensch auch Klavierspielen lernen kann. Man muss nur den geeigneten Lehrer finden und sich durch die Fachliteratur durcharbeiten. Was für das Klavierspielen gilt, gilt genauso auch für den Mentalisten und natürlich auch für den Zauberkünstler. Letztere haben den Vorteil, dass sie ihre Tricks und Fingerfertigkeiten für sich allein im stillen Kämmerlein üben können, wir Mentalisten benötigen in den meisten Fällen Menschen, an denen wir trainieren können.

Ich hoffe, dass Ihnen unser gemeinsamer Ausflug in die Welt der Wunder, der Mentalkunst und des Übersinnlichen Freude gemacht hat. Vielleicht treffen wir uns irgendwann wieder, entweder im nächsten Buch oder bei einem meiner Auftritte.

Lars Ruth im Dezember 2014

www.lars-ruth.de

Danksagung

So, nun ist es geschafft. Mein erstes Buch ist auf dem Markt, und Sie liebe Leser, haben hoffentlich bis hierhin durchgehalten. Wenn mir jemand vor zehn Jahren gesagt hätte, dass ich mal mein Geld mit Bühnenauftritten und Bücherschreiben verdiene, hätte ich ihm beschwichtigend den Kopf getätschelt.

Ich bin zwar noch nicht ganz dort angekommen wo ich hin will, aber ich bin auf dem Weg. Deshalb möchte ich an dieser Stelle all den Menschen danken, die mich bis jetzt auf meiner Reise in Richtung Mental-Olymp begleitet haben, ganz unabhängig davon, ob ich auf dem Weg irgendwo stecken bleibe oder vielleicht doch ankomme. Ich danke also von ganzem Herzen:

… meiner besseren Hälfte Kai Klohr – ohne Dich wäre das Chaos in meinem Kopf wahrscheinlich genauso groß, wie manchmal auf meinem Schreibtisch. Ordnung ins Chaos zu bringen ist eben einfach nichts für Menschen wie mich.

… meiner Mutter Erika Ruth, die mir schon als Kind alle möglichen Bücher mit magischen Inhalten nahebrachte, angefangen bei *Die Kleine Hexe* über *Krabat* bis zu *Herr der Ringe*.

… meinem Vater Helmut Ruth, der das Gleiche mit entsprechenden Filmen tat, obwohl er mir nie geglaubt hat, dass ich später mal Jedi-Ritter werde. Als ich ihm im Alter von fünf Jahren sagte: »Papa, wenn ich erwachsen bin, möchte ich Zauberer werden«, antwortete er nur: »Beides geht nicht, mein Sohn.« Tja … sorry, ich habe doch wieder mal recht gehabt.

… meinen Geschwistern Manfred Ruth und Ellen Schilken, die mich als Kind immer mit ins Kino nehmen mussten, obwohl wohl sie sich beim zehnten Mal *Star Wars* oder *Rocky Horror Picture Show* zu Tode langweilten.

… Thomas Bäppler-Wolf. Wenn Du mich nicht genötigt hättest, in Deinem Theater zum allerersten Mal vor zahlenden Gästen aufzutreten, würde ich mich wahrscheinlich heute noch nicht auf die Bühne trauen.

… Dr. Knut Knackstedt. Deine Herangehensweise an *the craft* hat mich immer fasziniert. Du bist ein wahrer Magier im wörtlichen Sinn. Durch unsere vielen Gespräche mit und ohne Absinth bin ich mir darüber klar geworden, warum ich schon immer Mentalist war und nicht einfach nur geworden bin.

… Ernst List. Durch Dich (und Bob Dylan) habe ich verstanden, dass der Wunderwirker zuerst das Wunder in jedem Sandkorn und jedem Blatt, das vom Baum fällt, erkennen muss, bevor er selber glaubwürdig Wunder vollbringen kann.

… Jochen Georg Becker. Deine Ratschläge aus den unzähligen Mental-, Rhetorik- und Präsentations-Workshops habe ich nach der langen Zeit immer noch im Ohr, wenn ich auf der Bühne stehe und versuche, dabei eine möglichst gute Figur abzugeben.

… Thomas Heine und Rainer Mees von *Paralabs*. Selbst wenn ich kurzfristig ein neues Bühnenexperiment entwickle, seid Ihr immer sofort und unbürokratisch zur Stelle, wenn ich Hilfe brauche.

… und last, but not least: allen Zuschauern und Käufern dieses Buches. Ohne Euch wäre das alles sehr einseitig.